U0106859

佬文青：依依得捨

李偉民

序

物質，讓快樂變得昂貴。東西，買呀買，每毫升的快樂，來自每件貨色的擁有。

佛學中，提及「攀緣心」；心念升起，我們想擁有名、利、好看的東西。可是，當渴望的東西，求不到，就會痛苦，心生病。

朋友說：「買東西，莫攀緣，要隨緣！」問甚麼意思？他說：「看到好東西，剛巧又有需要，便買；否則，眼睛討了便宜，應該急急放下，忘記慾念！」

日本文化中，有一種哲學叫「勿體無」，它教我們對萬物感恩和尊重，不要隨便浪費。

過去，我起碼把三分一的收入，花在買東西。心情好的時候，要買，心情不好的時候，更要買；買給自己、買給別人，最荒謬的理由：為了好東西不會糟蹋在別人手上。買畫，便是這種心態。

最近，忙搬家；三十多年來，第一次遷居，心情矛盾：只想未來的日子，過得簡樸一點，於是，丟呀丟，扔掉家裏大半的東西；有些送人、有些送慈善團體，最後還有一大堆棄置於垃圾

箱；罪過。此刻，心情沉重；那刻，又慶幸「減磅成功」，涅槃重生！

律師前輩莞爾：「哈，我八十多歲，丟掉了的，是大半生的東西：我不想死後，家人花時間把我的雜物清理，反正他們會把遺物棄置，何不自己『先下手為強』。未來，上帝要我離開這世界，只需給我半小時，我可以打包走人，『冇拖冇欠』，挽個小膠袋，趕去報到！」

我是 sentimental 的，怎丟？這是小學畢業證書和兒時最心愛的玩具，那是爸爸用毛筆寫給我的鼓勵信，前面是朋友的紀念品，後面一盒是 30 年前在德國買的音樂盒，還有、還有，一堆已經停產的手錶，上網找人買，也覺麻煩……

人們，分為兩種：活在昨天，或活在明天；頑固的老人家，便是活在昨天。我為明天而活，明天影響了今天的我。人，終要一死，快好好周章，改變一下方式，循序漸進地淨化生活，放下怒目橫眉，大方、優雅地打烊關燈。人生的包袱，總得靠自己收拾。

今天割捨老東西後，將來，凡買一件東西，規定自己要放棄一件家雜，再過 10 年，買一件，放棄兩件、三件、四件……直至身無長物，鬆一口氣為止，這不是很好嗎？我的大姐大 Peggy 說：「過了 90 歲，一件東西都不會買！儉可養生！」

青山不在，柴沒得燒；將來就是如此這般，漸漸地……老物件走了、老朋友走了，老回憶走了；心底無塵，如天地般寬。我們，

呱呱嘈地來到凡間，離開時，務必靜靜地睡去，才不枉生和死的動止對比。

不捨得、仍得捨，放棄原來不是失去，而是得着。有捨，才有得，得到心靈的真正輕鬆。

看到身旁，仍然有一群人，躊躇滿志，不明白生命的渺小；年紀大了，還眼睛盯着甲、嘴巴吃着乙、心裏貪着丙。他們不明白，就算擁有100,000,000，當生命完結，移去了 1，只餘下00,000,000！

婆婆生前曾有警句：「凡事，試過便算；今天只要『冇穿冇爛』，便算數，再多東西，只怕膊頭無力，別人笑你『餓狗搶屎』！」

物「斷」、情「捨」、人「離」，斷捨離的真相，也許在此。

到了某個人生階段：依依不捨下，仍需依依得捨；前者是心情，後者是決心。不捨，是塵，阻礙了露珠兒凝結在美麗的花瓣上！

李偉民
2024

目錄

第一章
好人

第二章
美事

好
人

李樂詩：香港第一代的機靈「南極小姐」探險家

　　人生，可以自控：樹欲靜，風便止；西出維港無故人，又如何？

　　李樂詩，是香港資歷最深、地位也最高的旅行探險家。我崇拜她。

　　花無憾；它會開，會綻、會涼、會謝。

　　旅遊行者李樂詩已 80 歲了，活出一場精彩的花旅。春天，任性地繪畫、攝影、寫文章、吹口琴。夏天，穿上行政套裝，談生意、搞雜誌。秋天，趁着風，地球到處闖蕩。今年今日的夏天，你在中環瞄到一個瘦削長者：「清湯掛麵」的短髮、不施粉黛、中性打扮、衣服款式簡樸、太陽在臉上留下曬斑、腰板挺直，她主動打招呼：「您好，我是李樂詩！」

　　眼前，有兩杯 coffee，李樂詩姐姐呵呵大笑，皺紋調皮地跑出來：「人生，是有 quota 的。旅遊？足夠了；現今，只享受大隱隱於市的生活，在香港鬧市，總有一處淨土，找到寧靜。獨善其身。」我說：「你曾經是香港的『奇女子』，今天的低調，是刻意的！」她搖搖頭：「平凡的生活，是最大成就！」我更正她：「做一個不平凡的『平凡人』，是修煉的成就，樂詩姐姐，你是香港一代人的偶像。」她回應：「錢，賺不完的；山，登不盡的。適當時候，見好就收！」

　　我和她開玩笑：「你並非專業歌手，竟然有一年在紅磡體育館

和巨星徐小鳳一起唱歌，太『膽生毛』！」樂詩姐姐眼睛瞪上天花板：「感謝小鳳姐給我鼓勵，夠膽邀請我，我便夠膽上台唱。」

李樂詩的一生，高低起伏：小時候，在堅道的南華中學唸書，乖乖女一名，不愁生活；父親在皇后大道中的中央戲院對面，開了一家象牙飾物店。樂詩姐姐回想：「少女時代，喜歡繪畫、攝影、吹口琴；物質生活，與我無關。我常常望着世界地圖發呆，幻想着：往歐洲、非洲、美洲⋯⋯」

她說：「畢業後，1962 那年，我去了廣告公司打工，全美術部只有我一個女性。」我問：「你熱愛旅遊，為甚麼不做外遊領隊？」她答：「我性格自主，怎適合服務別人？」

樂詩姐姐和藹地說：「我們那輩，遇上香港經濟急速發展，機會很多。我工作了數年，便和現在已經離了婚的丈夫林偉（是初出道的廣告界的攝影師林偉，今天的他是富豪）開了一家攝影沖曬公司。」我驀然想起小說《圍城》的名句：「婚姻是一座圍城，城外的人想進去，城裏的人想出來。」

我好奇：「你當時快樂嗎？」她不肯定地點頭：「不是錢本身的快樂，是錢可以讓我買到機票，帶着背包和相機，去找到快樂的地方見世面、遊學。當我數數手指：曾去過這裏，去過那裏；說呀說呀，已經興奮。地球的五大洲留下了腳印，最後，北極、南極，我亦去多次。一生，無憾。」

我大膽地問：「年紀大了，一個人，會孤單嗎？」樂詩姐姐自信地：「年紀和孤單無關。不會。」

我再問：「後來，你為何變了一個旅遊專家？」她傾前細訴：「在70 年代，國泰航空有一本放在飛機上的雜誌，叫《Discovery》，

當年有幸承包，於是，做了《Discovery》的內容及設計工作約 10 年吧。雜誌介紹旅遊及風景，故此，我大洲大洋都去過。80 年代，中國開放，國泰開始飛內地城市，我便遊遍神州大地。」

樂詩姐姐頓頓：「和國泰的合約關係結束後，我自己出版旅遊雜誌，叫《Pearl Magazine》。這次，我的工作更具意義，其一是把中國文化展示給西方社會，例如我會介紹中國戲曲。」我戲謔：「哈，原來你曾經做過『行政女強人』的角色！你，不只是 multi-tasking，是 cosplaying！」

她望出窗外，天空和大自然沒有包裝，善良又美麗。樂詩姐姐思忖：「雜誌是一盤生意。某一年，我感覺『夠了』，便抽身而退，以寫旅遊稿件來推動自己探索地

球。多看世界，滿足了我對生命的好奇。」

　　她繼續說：「通過手機、電視去看世界，那種感覺是『不到肉』的。當你立足在地球某處，有溫度、有濕度、有味道，那體驗是完全不一樣的。」

　　我問：「旅遊和文化又有何關係？」樂詩姐姐解釋：「一個人快不快樂？如只是基於物質生活，永遠不會覺得足夠；第二，地球的資源亦不可能滿足每一個人；那麼，我們的快樂便要來自『非物質』的東西，讓文化和精神生活拉上關係，使心靈豐富起來。地

球，提供了不同民族的生活文化，趁『行得走得』，為甚麼不走走多看？去印度體會活潑的民間舞？去越南領略千年歷史的水上木偶戲？去莫斯科觀賞偉大的芭蕾舞劇《天鵝湖》？去北京細味優美的京劇？去意大利沉浸浪漫的《Come Back to Sorrento》？去奧地利感受欣喜的《仙樂飄飄處處聞》？」

我大膽冒犯：「一個女子，獨身走我路，不怕嗎？」她幽默地回應：「你看看我這副樣子！我叫它做『保護樣』，被性騷擾的機會也很低很低⋯⋯」

樂詩姐姐語重心長：「人，背負太多不重要的繁文縟節，會叫人累。有心願，便要『實行』，不要瞻顧太多旁枝。舉例，當我決定往地球某處荒蕪地方探險，就不要顧身世，無謂的便 give up：自己剪頭髮、臉部不做保養、衣服實用簡單幾件、甚麼都吃得下，就算吃麵包，也不要投訴。棲身於任何地方，亦既來之，則安之。」

我問：「你算是退休人士嗎？」她大笑：「我有個餘願，便是推動極地與環保的教育工作，把香港的、中國傳統的文化，通過我的攝影，介紹給其他地方。我對香港的老舊情懷，特別有感情！1980 年，我做過電影美術指導，那部電影叫《撞到正》，蕭芳芳主演的，我的美指，還選為最佳美術指導。它是關於粵劇戲班的鬼故事，我玩了大量本地風土情懷，這不正是推廣香港文化的好方法？」

話雖投機，終有結束。離別時，我嘗試窺察李樂詩姐姐的內心：「此時此刻，你是甚麼？」她靜默一刻：「做人，自由自在。不期待、不等待、一切、一切，天和人合一。」

但願我年紀大了，和樂詩姐姐一般好玩；每句說話，都風趣和聰穎。

　　不難心不累，只要你放輕、放低、放遠、放大，地球總有一處沒有人喧擾的地方，哪管是草地的小角落，等候你和它問好，互相呼吸一下……突然間，想起一首歌《當我八十歲》，想李樂詩姐姐唱……

黎德誠大律師：
揭開 50 年代銅鑼灣的神秘面紗

地鐵和人海，嗯，我嗅到銅鑼灣了！

了解一個城市，最快的方法是去逛她的購物區，不要去高貴的，都是千篇一律的世界名牌；也不要去平價攤檔，因為「賤物喪志」，賣的是大路貨，哪有心思弄品味？要去中產常去的，可以感受到一個城市的文化定位，還有引以為傲的本土設計。

如果以東京作比較，銅鑼灣是澀谷；旺角像新宿；尖沙咀是銀座。

60 年代，家住灣仔，它已呈現疲態；銅鑼灣剛起步，是消費集中地。晚上，電車路旁，人們熙來攘往，從波斯富街的紐約戲院（今天的銅鑼灣廣場一期）「旺」到糖街的樂聲戲院。年輕人蹓躂 Causeway Bay，「戀愛腦」也發達起來。誰人知道：銅鑼灣在 100 年前，山邊原來是咖啡園，而且，現今仍存一個「咖啡園墳場」！

我的大律師好友 David Lai（黎德誠）年青時當過助理消防隊長、警官，曾經做過警務處長的私人助理和香港國際刑警主管；做大律師前，他曾是跨國公司的亞太區主管；David 高大威猛、氣宇軒昂。我有家族基金的案件，必定找他。

David 的祖、父輩在民國前後是經營糧食買賣的商人。二戰後，David 的父親，在舊華人行的頂層（今天中環畢打街的華人行

原址是郵政總局，1924 年改建為華人行，是很矮的建築物；1974
年，富商李嘉誠再改建為新的華人行〔China Building〕，樓高
二十多層〕，有份經營香港第一家的五星級中菜館，叫做「大華
大飯店」，有天台花園，用作露天夜總會，達官貴人常去光顧；「阿
一鮑魚」楊貫一，曾在那裏當小工。有人找到飯店在 1955 年的報
紙廣告，寫道：「點心一律 4 毫，特製紅燒鮑翅，8 元！」David
笑道：「還有，只花 10 元，吃到 4 和菜！」（set menu，當年不叫
「套餐」，稱「和菜」）。

　　David 撥撥驕傲的銀髮絲：「50 年代中、末期，是我的童年，
我在銅鑼灣長大，後來，才搬去北角。」我自作聰明：「當年，
銅鑼灣一定很繁榮。」他中氣十足：「錯！七十多年前，銅鑼灣
是碼頭工業及住宅區。維多利亞公園前身是避風塘，今天的皇室
堡，當年是製冰廠及冷房，前面有碼頭。告士打道的世界貿易中
心及怡東酒店（正在拆建中），都是貨倉。這些倉庫地段，多是
清代鴉片商『怡和』（Jardine Matheson）所擁有。」他笑笑：
「50 年代末期，百德新街一帶的貨倉，改建了高級洋房，享有陽
台、海景和遊艇碼頭；在 1960 年，第一家日本百貨公司『大丸』
（Daimaru） 在那裏開業，大家都蜂擁去購物！」

　　David 喝了一口茶：「那些年，怡和街都是一些普通的洋房式
唐樓，只有三、四層高，有些樓下沒有店舖，我家住近今天圓形
天橋旁邊。當時，銅鑼灣非常寧靜，是中產的住宅區；路上的汽
車也不多，更沒有甚麼『收費咪錶』，隨處可以泊車。過了聖保
祿醫院（St Paul's Hospital）的大坑區，才是龍蛇混雜的地方，因
為前面的避風塘，住滿貧窮艇戶，而大坑後面的山坡，從金龍台

到大坑道，滿佈木屋，環境烏煙瘴氣，還有毒品販售。後來，房協會蓋建了勵德邨，安置被清拆的木屋居民。」

回憶是悲美的；David 嘆了一口氣：「1957 年，內地有『大躍進』的運動，最終釀成 1958 至 1962 年的饑荒，許多人跑來香港，卻無家可歸，當時是小朋友的我，給嚇暈了；街上、樓梯、樓梯底塞滿了流離失所的難民，我的家人說：『唉，報警都趕不走他們！』有些更在天台蓋建木屋，部份投機的業主，立刻把單位割成『劏房』分租。整個銅鑼灣，突然有『淪陷』downgrade 的感覺！」

David 頓頓：「從 60 年代開始，銅鑼灣許多『純住宅』的洋房、唐樓被拆建為高層商住大廈，例如英光大廈、香港大廈；於是，寧靜換上了五彩繽紛的上衣，有酒樓、西餐廳、餅店、裁縫店、鞋舖，最特別是進駐了很多舞廳和夜總會（有 live band，舞小姐陪伴客人飲酒、跳舞，是生意人應酬的地方）。除了旺角，銅鑼灣比任何一個區都繁榮喧囂，而我童年熟悉的銅鑼灣已經徹底消失……」

我「厚多士」，問：「童年時，你往哪裏『wet』？」David 失笑：「很少去現址時代廣場的那邊，它以前是電車廠，旁邊是骯髒的菜市場。我喜歡過馬路往邊寧頓街，那裏有燈籠洲街市（今天仍在），還有著名的何方亮龜苓膏涼茶店，除了飲料，還有美味馬豆糕、馬蹄糕。街市的前面是渣甸坊，滿是民生店舖，賣柴、米、油、鹽、糖等；我難忘那裏的『飛髮檔』，小孩子坐在街上的木櫈等剪髮，東主擺放一大堆公仔書（漫畫）任看，不另收費！開心死了！每逢星期日，我去豪華戲院睇『卡通片』！尤其是，在豪華戲院有

大卡士的西片放影如《賓虛》（*Ben-Hur*）（當時，流行一句『賓虛咁嘅場面』來形容一些大陣仗的事情，就是出於這套片名）、及在樂聲戲院放影的《碧血長天》（*The Longest Day*）、《戰血染征袍》（*Zulu*）等，都會同兄長們買飛去睇！」

大律師突然想起：「對了！在 50 年代，小孩們子還有兩大娛樂；閒時，我們跑往今天維園位置的避風塘，那時候的海水不混濁，在石罅撈魚，就算捉到些小泥鰍，已雀躍得呱呱大叫！到了晚上，避風塘是大人的世界，有些艇賣海鮮熟食；另一些有歌女賣唱，叫『花艇』，她們只是清唱，沒有咪高峰的，只要有人揚手，花艇便搖近，一曲既終，客人拋錢落艇，作為打賞。負擔不起海鮮的，可以光顧賣粥的小艇，我不知道『艇仔粥』這名稱是否這樣來的？」

我問：「另一種娛樂呢？」David 故弄玄虛：「嘿，喪禮，也是我們的樂趣。50 年代，很多人在家舉行喪禮，叫『家祭』，家境富裕的，甚至在路邊進行『公祭』，一大群家屬親朋，披麻戴孝，像巡遊一樣，『唪打』響起，哀樂喧天；我還記得：當時的棺材先搬出露台，然後用麻繩吊落街上或搭棚運送下來，我們小朋友跟着殯儀隊伍及樂師，跳跳紮紮，目送靈柩離開，才鳥獸散。怡和街是銅鑼灣的大街，聖誕和新年都有巡遊，燒炮杖是跑不了的熱鬧！」

我再問：「銅鑼灣吃的呢？」David 回想：「怡和街，有晶晶、怡和酒家，及後來的豪華大酒樓，好吃的粵菜在那裏找到。此外，利園山一帶，有知名的利園酒店（今天名店 LV 的位置），還有很多精緻的食店。家人喜歡帶我去華麗園，是一流的粥麵小館，最

有名是椰汁糕，到了今年，已不存在，但店東後人仍用這品牌名稱售賣糕品。最歷史悠久的皇后飯店（Queen's Cafe），在50年代，地位崇高，煮的叫『俄國西餐』，而甚麼金雀餐廳、太平館，後來才遷進利園山。皇后飯店已遷往北角，仍然屹立。」

我奇怪：「為甚麼銅鑼灣會興旺起來？」David發揮大律師的分析思維：「那年頭，北角是上海人的『地頭』、跑馬地住滿了洋人、銅鑼灣則是廣東人的新區，由於香港缺乏大型運動場，政府把原本是埋葬1918年馬場大火死難者的掃桿埔墳塚遷移，改建為『政府大球場』。球場在1955年啟用，有2萬多個座位，當年，香港人熱愛足球，差不多天天有賽事，觀眾入場前、散場後，都要經過銅鑼灣，『唔旺就有鬼』！到了1960年，第一家日資百貨公司『大丸』登陸記利佐治街（現址為Fashion Walk），到處水洩不通。另外，銅鑼灣當時是新區，建成多家大型戲院，有紐約戲院、樂聲戲院、利舞臺劇院（在波斯富街）、豪華戲院（在邊寧頓街）、新都戲院（在摩頓台）、京華戲院（即京華中心）、總統戲院（在謝斐道），至於翡翠、明珠戲院（在百德新街），已是差不多60年代尾的事情！當時的戲院，隨隨便便都可以坐一千人；晚上，看電影的人『迫爆』銅鑼灣。」

我也墮進回憶：「利舞臺如London的古典劇院，我還記得銀幕左右的兩條對聯『利擅東南萬國衣冠臨勝地，舞徵韶護滿臺簫管奏鈞天』，重建為商場後，曾經掛起這對聯，後來，失蹤了！」

David補充：「當然，銅鑼灣今天的興旺，Sogo百貨、時代廣場、希慎廣場等居功不少！」

有句話很好：「每一段記憶，都有一個密碼，只要人物、時間、

地點組合起來，密碼被打開，無論回憶塵封多久，重新收拾，永誌心中。」對銅鑼灣印象，黎德誠大律師停留在 50 年代，我搜索到 60 年代。年青的你，快快把 2024 年的銅鑼灣景象用手機拍下來，特別是怡和街那兩條古怪的行人天橋，70 年後，拿給孫兒看看！

　　宇宙萬物，生生不息，永無止盡。走的，只是你、我、他、她⋯⋯唉，依依得捨！

黃佳：香港最後的「龍獅頭」偉大工藝大師

　　成就，飛越死亡；一些了不起的人物，為了理想而活，卻鮮有報道，我要多寫他們，哪管是你擦身而過的牽動。

　　看不起文化歷史，只因一個人缺乏修養。最可怕的態度，是西方的老人家才「馨香」，香港本地的，卻被視為 cheapies。

　　為 Audemars Piguet 與 Patek Philippe 設計鐘錶的工藝大師 Gérald Genta 去世時，萬人景仰；但大家可知道：我們香港有一位製作「舞獅舞龍」瑞獸的工藝大師叫黃佳，今年 96 歲。

　　黃佳老師的年紀，本應三天打魚兩天曬網，他卻躲在紅磡的工廈走廊，不離不棄，每天默默地打造美麗的龍、獅、花炮等紮作。黃佳已期頤之齡，打敗了光陰，餘下的每一天，變為永恆。

　　黃老師身材細小，但思想敏銳、健康尚好；走路時，要用手杖扶行，和我們飲茶吃飯聊天，有說不完的往事。他感慨：「我八十多年的技術，可以留給誰？也不能怪年輕人，因為要學好這門工藝，得花數十年，但是，生意有限、收入微薄，每天還要由早到晚，一手一腳，從無到有，做出栩栩如生的瑞獸。哈，判你終生做勞作，願意嗎？」

　　我問黃老師：「當年，是如何入行？」他目光慈祥：「40 年代，我家在廣州的郊區種花，村內常常舞龍舞獅，我『玩埋一份』。原本生活快樂，後來爆發了日本侵華戰爭，我還記得父親叫小孩子們，把一籮籮的子彈，偷偷送到我方的軍隊，『唔死都好彩』！」

循聲覓道

香港非物質文化遺產
展覽系列

HONG KONG INTANGIBLE
CULTURAL HERITAGE
EXHIBITION SERIES

LOST AND》
SOUND》》》

香港非物質文化遺產中心
三棟屋博物館 新界荃灣古屋里二號
Hong Kong Intangible Cultural Heritage Centre
Sam Tung Uk Museum
2 Kwu Uk Lane, Tsuen Wan, New Territories
📞 2411 2001

獅頭紮作技藝
Paper Crafting
Technique of Lion Heads

黃老師頓頓：「1945 年，抗日戰爭結束，舉家移民來了香港，住在堅尼地城卑路乍街（東亞銀行現址）。父親改行賣花，我對舞龍舞獅興趣未減，但是，這運動太費氣力了，我愛靜，突發奇想，如何設計一隻水平超越同行的『獅頭』，於是，花了 40 元（當時，是一、兩個月的人工）去了工藝最好的佛山，買了一隻獅頭，回香港拆件，研究為何這般精美，如是者，又買又拆，又拆又試做，好鬼『敗家』。最終，給我領悟到箇中技巧，如何造出一隻出神入化的獅頭；漸漸地，在行內薄有名聲，愈來愈多人找我做獅頭。大膽地說一句，當時，我和中環的店『金玉樓』，工藝是全港數一數二的。」

　　黃老師喝了一口普洱：「50 年代，別人願意花 1,000 元買我的獅頭，人工只是小部份，昂貴的是物料，布、毛、絨、鏡、木竹都是用最好的。1975 年，英女皇伊利沙伯首次訪問香港，到中環嘉咸街街市參觀，那數隻『賀獅』，全身連頭，是我造出來的。」

　　我問：「獅頭為何要花眾多物料？」黃老師耐心解釋：「一隻完整的舞獅，有 13 部份，沒有數個月的耐勞、工藝和創意，做不出一件好的作品。我最頭痛的，是好材料愈來愈難找到；例如『獅毛』，要用兔毛或羊毛，現在內地便宜的獅頭，會用尼龍草。唉，我過不了自己心理關口。」

　　我追問：「那 13 部份是甚麼？」黃老師如數家珍：「首先在獅的額頭，要『彩繪』，繪畫技術要好，圖案有『刀仔花』、『草花』等等，第二是『顏料』，醒獅，多以歷史人物為象徵，例如黑、白、灰的叫『張飛獅』；紅、黑為主的叫『關羽獅』，顏料當然是歐洲的比較鮮艷。唉，現時內地的獅頭大量生產，使用工廠式流程，

由工人處理，再不是工藝師，工人只負責一部份，還加上機器協助，已經不算是一件人為的工藝品。在香港，以手作形式做出整件獅頭連獅身，我恐怕是『死剩』的！」

他數手指：「第三，是『額頭鏡片』，獅子的靈魂所在，不能生鏽。第四，是『絨球』，它是裝飾品，好的，要用真絲，因為材料差的，毛會脫落。第五是『獅鼻』，手工要好，鼻型才捲曲得好看。第六，到了『獅嘴』，分開圓的『佛嘴』和長身扁形的『鶴嘴』。第七，『獅角』要威猛有神，分開竹筍角、鷹角、山雞角等等。」

我笑：「天呀，原來獅頭是複雜的藝術品！」黃老師也笑：「第八是『獅耳』，因藏於眼部的後方，如何凸顯？第九便是『獅毛』，如果不用兔毛或羊毛，哪會像一頭活的動物？」我同意：「我們小時候的中秋燈籠，用的是美麗而有彈性的皺紙，『楊桃燈』看來極像水果，因為有高高低低的弧度；今天，用機器黏上反光玻璃紙，在數分鐘內『啤』出一件工業燈籠，看到這些楊桃燈都倒胃口。現代人，失去『幸福』這兩個字！」

黃老師感觸：「現代人是『快餐文化』：快買、快用、快棄，生活就是這樣，我們那輩的比較單純，只追求做到最完美。」我給力再問：「第十呢？」黃老師道：「『獅眼』囉！不同派別的獅眼會不同，例如眼睛圓些，或眼尾高些；用杉木做眼，是最輕的。跟着，是『獅牙』，一般是繪畫；更優美的，可以塑製牙齒。至於『獅鬚』，我用馬尾毛。」我好奇：「『獅身』也是你的工作嗎？」黃老師點頭：「『獅皮』是挑選上乘的綢和棉布，設計和配搭，最好用不同的布料和『飾釘』交錯，才會漂亮，不過，最『攞命』是

做『舞龍』的身軀，想想：以前可以有 50、100 甚至 200 人舞動一條金龍，花數以月計的作業，才可完成呢！今天，找 20 人舞龍已不容易！」

黃老師想起一點：「獅子分『南』和『北』，南獅闊口大眼、有絨球、有角；而北獅呢，長毛、沒有角，但有鬈，像北京狗！年輕時，我最快 30 天，可以趕出一個基本『獅頭』，今天，時不我與了！」

我想了解一下：「老師，你如何看『獅頭』這門工藝？」黃老師垂下頭：「在香港，『獅頭』工藝可算失傳了，所以，我 96 歲，仍然要做下去，希望遇到一個有心人出現，但是，『收徒弟』這個夢想，應是幻滅了。至於內地，很不幸，『獅頭』變成了工業製作，在標準的工序下，工人負責不同部份，以『平、靚』，而不是『正』來搶佔市場，許多細節，因陋就簡。你看：獅頭改用元寶草紙，不再是光滑的絹布，因此，獅臉出現皺紋；至於獅身，隨隨便便弄一塊長布便算。當年，做一件二百多呎的『龍身被』，除了設計要獨特，而所用的絲、線、繡料和裝飾物也要上佳的，不單要做到龍身奪目耀眼，連每一塊『龍鱗片』都表現出美，所謂慢工出細貨，我則看作藝術品來處理。」

黃老師的幽默感來了：「藝術，是一種修養的『助力』，但是，同樣是賺錢的『阻力』：手工貨，從來賺不到多少，當年，五、六十年代，內地取締武館，很多武師來了香港避居，令到本地武館林立，有一百多家，集各大功夫門派；我在上環租了一個數百呎的單位，可以『前舖後居』，接單，工作停不了；現在，連租金都負擔不起，幸好有『迷你倉』的老闆關顧，不收租，容許我

在他的貨倉走廊，苟延殘喘下去。哈！」

我開玩笑：「老師，可否為我做一面『帥旗』（即每家武館龍獅隊的館旗）？」他笑：「你想裝上甚麼『頭牌』？（即繡上帥旗的名字）。」我咧嘴：「『大佬文青』吧！」他的孝順子弟 Sam Tam 插嘴：「我以前曾有過一枝釘珠片的『帥旗』，可惜現在珠片都給我們舞掉了！那手工『靚』到出神入化。香港人，看不起工藝老師，叫他們做『手作仔』，其實工匠要有腦筋、藝術細胞、手工技巧、恆心和理想，才可以成為一位工藝大師；但是，香港仍剩下多少個呢？」黃老師感觸：「如我也走了，就算有人願意出高價，在香港也找不到上乘手工『龍獅』了！」

黃師傅細數前塵：「人類的生活，從繁複走向簡約：當年的『龍頭』，額頭掛着一粒粒的珍珠和一隻隻的蝴蝶，飛揚配襯；今天，額頭便是額頭囉！當時舞龍，我們還要做出一隻隻的小動物，例如魚、蝦、蟹，給小孩子們舞動，場面有大有小，超級高興！美好的東西，總會過去，留在腦海吧。」

我好奇：「你從來未收過徒弟？」他搖搖頭：「他們都是做了一陣子，便離開；我們的工藝叫『紮、撲、寫、裝』四個字：先用竹枝把整個獅頭建構起來，然後，再煮糯米，變成漿糊，糯米糊黏物而不黏手；跟着，把紗布『撲』上竹枝，造成肌膚；第三步，便是拿起畫筆，沾上顏料（還要用最好的德國顏料，『溝』出不同的顏色），繪畫出獅子樣貌；最後，裝置不同的飾物，這樣做，在當年，一個月的純工資也可能只有一、二百元；現在，誰人會願意虛耗韶華？」

黃佳老師，是工藝界的神尊，當人們想省時省力「炸一波」

便得到富貴，他卻追求細水長流但清寒的藝術永恆，這樣的堅持，是他的驕傲。你說他坎坷，他微笑回應：「世界，是適者生存；所以，各適其適，我只是適應這種生活啫！」

　　希臘神話中，普羅米修斯（Prometheus）用水和土成搓揉成泥，捏出人形生命；黃佳老師用了「紮撲寫裝」，造出了一隻隻活獅子，從工場中跳入香港的大街小巷……

　　願黃老師長命千歲，延長他的工藝續航力。

梁皓一：《長津湖》年輕國際作曲家如何成名

我也曾經年青過。

年輕的心，沒有纖維化，對社會發生的不幸，強烈傷痛；我經歷過六七暴動、難民潮、九七前動盪、「沙士」災難、2014 年「佔中」、2019 年的叛爭，還有剛剛平靜了的 COVID……香港下雪，誰個心情會好？

有一個名人說過：「傷痛，如把鐵針釘在心窩，有些人把這折騰化為動力，改變了人生……」

很鼓舞：2019 年以後，聽到年輕「香港仔」、「香港女」在灰犀牛走後，一個又一個獲得世界級的成就，特別是在體育、文化、藝術領域發放光芒。和其一聊天，他說：「2019 年，讓我們思考了、進取了，不做『頹人』，為自己做點事情！」

狄更斯寫道：「那是最好的時代，那是最壞的時代。」

眼前的 Elliot Leung（梁皓一），天呀，才 28 歲，在內地和荷里活，都取得耀眼的音樂佳績！我的 28 歲，還是「一舊飯」！

Elliot 相貌堂堂、明眸皓齒，臉部沒有皺紋，逼人的青春叫我嘆羨；說起話來，卻成熟穩重，像 gentleman。

他微笑：「我的家庭，弟弟除外，都充滿藝術氣息：爸爸喜愛繪畫，想做畫家；媽媽喜愛彈琴，想做音樂家。故此，從 St. Paul's Co-ed 小學開始，媽媽便要我學琴；我喜歡音樂，但不享受那重複的練習；我有興趣作曲，但不想做鋼琴家。」

Elliot 吃了一口蒸魚:「中學呢,我唸國際學校,沙田的 International Christian School,慶幸在那裏學曉了德文,它對我的音樂事業,幫助很大,例如我可以和 Vienna Philharmonic 溝通!」

這小子尷尬地說:「從小,我很有主見,到了升大學,我決定:要走出香港,看看這世界、我會唸作曲、要大學容許我設計自己的音樂課程,更有名師可跟從學藝。終於在眾多選擇中,我去了美國伊利諾州的 Wheaton College Conservatory of Music,它滿足我所有的要求,有我夢寐已久的老師 Martin O'Donnell,他是國際級的作曲家,他曾為電子遊戲例如《Halo》、《Myth》和《Destiny》作曲,concert music『電子化』是未來的『新音樂』洪潮,這技術非常必要。Master O'Donnell 一生人只收了兩個學生,一個是日本人,另一個是我!跟了一個好老師,對學業和事業的發展,太重要了!」我拍拍鼻子:「今天的年輕人如你,太聰明了,了解自己需要甚麼!」

我好奇:「那為何大師挑選你?」他尷尬地笑:「老師說我果斷、有方向感、有組織能力……哈。」我追問:「『名師』的高徒,感覺如何?」Elliot 不假思索:「太幸運了,原來這關係為我帶來一個『不可能發生』的機會:我這種『管弦音樂底』加上『流行音樂底』的作曲家,本來就不多,加上我是 O'Donnell 的徒弟,消息便在圈中傳了出去。在快畢業的時候,我收到一個『cold-call』電話,博納影業說受大導演林超賢所委託,問我有否興趣交些音樂作品,讓他們評核是否讓我這『嘅仔』做大電影《紅海行動》(*Operation Red Sea*) 的原創音樂,那是大概在 2016 年;後來,這部電影的

票房是三十多億！這次的機遇，把我帶上另一個高台。在 2021 年，又為《長津湖》（*The Battle at Lake Changjin*）做電影音樂，它的票房突破 56 億！」我回應：「好風都要憑借力，送我上青雲！」

我八卦：「你喜歡『風頭』嗎？」Elliot 措手不及：「No way！唸書時，我拉 cello（大提琴），風頭已嘗過；但是，我不眷戀；幕後的作曲工作，給我真正滿足，所以，我不想當 conductor，只想做 composer；而且，我覺得作曲家不應指揮自己的樂曲，因為演繹起來會主觀，『盲點』也多！」

我扮了一個妒忌的表情：「你和香港管弦樂團合作，呈獻首個藝術和 digital 科技融合的演奏會，叫《元宇宙交響曲》！」Elliot 微笑：「一切一切，太幸運了……Master O'Donnell 介紹了我為荷里活大電影公司 DreamWorks 做音樂，還協助我入了世界著名的作曲家代理人 Kraft-Engel，於是，我拿到《Six Days in Fallujah》（《法魯賈六日》）電子遊戲的作曲合約，現正和一部美國大片合作，快要去上海做演奏會，跟着和 Sony Music 錄一張音樂專輯……」

我問：「幸運兒，你可否和年輕人分享一些秘訣？」Elliot 想想：「最重要是相信自己，然後努力，不要玩太多，要為一個『不存在的狀態』而加油，『do what may be possible tomorrow and look for a career that does not yet exist』：你要多觀察，然後估計明天會是怎樣的世界。今天的耕種，雖然看不到果實，就算是漫長的等，也要堅持下去，因為開花結果，會在五年、十年後才見到。我們還有青春，『錯』了，可以來過，但是，『錯過』了，不可能補回『前期投資』；我們的年輕力壯，便是拿來克服失敗！」

我問：「那麼，香港人『做嘢』，和外面的有甚麼『唔同』？」

Elliot 低頭想想：「不知道為甚麼？香港頗多年輕人多自信不夠，不勇於表達自己。」我笑笑：「香港人慣於『識做人』，怕說話不入耳，得罪別人！」

Elliot 補充：「有些甘於走父母已安排，或別人走過的路，有些不介意出來工作以後，人生來回踏步；外國的青年，一般比較 open-minded 和 adventurous，對於 unknown，不會太害怕，相對勇於嘗試新的東西。」

Elliot 望着遠方，有點懊惱：「香港人服從性強，或許是害怕承擔，很多不太願意『揸主意』，常視為『孭鑊』，故此，許多事情，別人喜歡怎樣便怎樣，懶得逆異。很多人只是問：『老細，你想點做呢？』東方人，畢竟是強調 homogeneity（同質性）的社會！」他偷笑了，綻放了青春：「不過，香港的『老細』叫別人做事，instructions 也太詳細，常講明甚麼、怎樣，卻忘記了『留白』，即預留一些空間，給下面的人發揮。外面世界的『老細』，多只討論方向和目的，接着，便期待你用思考，找出自己的方法。」我回應：「也許香港人太忙；大家趕、趕、趕，討論要花時間，倒不如 1、2、3、4 清楚指出，快手快腳好了！」

Elliot 想到一點：「香港年輕人還要學好表達的能力，英文好、中文更加要好，詞彙要生動和豐富，不然，和別人溝通，結結巴巴，或只用『試探』的語氣，別人怎會信服你，覺得你有主見？」

我問：「那香港人辦事的優點？」他單刀直入：「快！反應快！而且，辦事很彈性，我們是 result-oriented，相對歐洲和日本，沒有那麼多規矩束縛。」

Elliot 突然想起：「人云亦云我也要説，因為是真的：香港人

學貫中西，和內地人交往，我們懂得中國人的規矩；和西方人交往，我們又如魚得水。香港人，絕對有實力，協助中外的文化交流！」

他搖搖頭：「不過，我希望大家對音樂在社會的地位，有所改變：外國人覺得『音樂』是人類重要的表達情感和溝通工具；但是，許多中國人視音樂只是生活中的消閒文化。」

他嘆了口氣：「對電影音樂的看法，我們也有點偏差，常常說電影中的音樂是『配樂』，好像 supplementary，聊備一格；在西方，他們叫『電影音樂』。在香港，我們的行業叫『電影配樂師』，在外國，是『電影音樂作曲家』（film score composer）！」

有一句話，說「好奇是青春、好動是青春、好玩是青春」，我覺得要加一句：「好打也是青春」；看看梁皓一便知道，在各地跑來跑去，擁有無窮的精力，天天有夢想、天天徘徊於成功和挫折之間，依舊「EQ」洋溢，笑比河清。

年輕人，如果你的生活仍然像一粒乾澀的「鹹柑桔」，便要問問自己，何時改變態度？樂觀、積極、向上，做一粒甜蜜的「奶油梅」！

張港欣：用名人「集郵」推動香港文化和藝術

青菜蘿蔔，各有所好，「East or West, home is best」。每個人，找到興趣所屬、心靈有安樂窩便是。

在我心目中，張港欣（Timmy）的生活方式很隨心，他是許多文化、藝術、娛樂等活動的「鐵粉」，看到他多年跟名人「集郵」的照片，都是珍貴的，綁着本人眼球。Timmy 忠於自己，不怕別人笑他事業「放軟手腳」；這些「集郵」活動又不是傷天害理，而且每次出動，惠及文化和藝術的推廣；書展期間，看到他一天跑幾場去支持不同作家的講座，然後，「Po」上網，免費協助文學宣傳。張港欣很能代表「Me Generation」那追尋自我生活的新思維。

其實 Timmy 曾做過我的「boss」，在知識分子平台「灼見名家」寫文章的時候，他是我的老編。他友善、出口成章，雖然我年紀比他大，但是，他是「另一星球」來的，從「宅文青」的角度看事情。

Timmy 移移眼鏡：「你們的年代，循規蹈矩，也許年華到了逝水，才展開新的生活方式，我們不想等，『青春要放進螢火蟲布袋』，照亮當夜，天亮，再想吧！」我斜視一笑：「別人或說你『不務正業』吧，但是你想想，過去所有認為是不務正業的東西：藝術、體育、電競、集相片、集錢幣現在都變了堂堂正正的事業。世界在變，價值觀也在變，過去所謂『正業』，還不是指朝九晚

五，每月有工資的工作，我知道你家裏做生意，當生活不是煩惱，尋求自己喜歡的興趣，也無不可；嗜好，『源於生活，忠於生活』，然後，有事業野心的話，也許把興趣變為『大於生活』，成為一門經營吧！」Timmy 認真點頭：「哈哈，我覺得為人子女，最重要是好好地『讀完所有書』，大學畢業以後，生命便是自己的！」我問他：「你在哪裏唸書？」Timmy 頑皮地回答：「中學是聖馬可和孔聖堂，乖學生一個！」我笑：「跟着呢？」他也笑：「2007 年，進入理工大學唸電腦系，畢業後，做 programmer，又替小朋友補習，我本身喜歡中國文學，因此，在 2011 年，去了城市大學唸中文碩士。2017 年，決心做文化工作，往『灼見名家』打工，那裏，我負責部份採訪工作，包括文化活動。漸漸地，我接觸到文化、電影、娛樂界的名人，喜歡和他們拍照留念，於是，一張又一張照片變成了珍貴的回憶，特別是有些走了的，如笑匠吳耀漢！此外，謝賢和鄭少秋這些六、七十年代的 superstars，平常很少在公開場合出現，我『捕獲』過他們，開心到暈。」我總結：「哈哈，你的過往很『奉公守法』呀！」

我又「八股」了：「家裏對你有期望嗎？」Timmy 認真地：「有的，我有一姊一妹，做男丁的我，父母都會有事業和家庭的期望。」

我拍拍臉：「去文化活動，有甚麼得着嗎？」Timmy 露出小孩子般的喜悦：「舉個例子：去書展的講座，聽名人講話，令我的腦袋開竅，有些還和我交換電話，轉變為朋友，張灼祥校長便是其中一位。不過，最難『埋身』是男團 MIRROR，上百人包圍他們，『迫身唔轉』，我沒有辦法拍到一幅並肩的照片。不過，最遺憾的，是沒有和走了的名導演羅啟銳留下任何影像。唉！」

我問：「你怎麼知道名人的行蹤？」Timmy 一本正經：「Internet 很多『星跡網』提供資訊，不過，許多活動都是『last minute』才公佈，有時候，疲於奔命，連跑兩場活動，但最洩氣的，是當這些精彩活動『撞期』，魚與熊掌，不知道挑哪一個？」

我好奇：「追『星』的粉是甚麼人？」Timmy 想想：「純文化和藝術活動，年長的人不少；如是電影活動，甚麼年紀的人都有；凡是流行歌手，則二十來歲的居多。如歌手是男的，則『女粉』多些，至於女歌手，仍以『女粉』居多，她們喜歡集體出動，不過，『男粉』的數目，會增加很多，通常不會超過 50% 的。」Timmy 浮想起：「有些粉絲，大家見面多了，會交換電話，有空，便互取『粉絲向』的情報。」我說：「你試過『追星』至海外嗎？」Timmy 搖頭大笑：「成本太高吧！」

我認真的：「有一句《聖經》的話，叫『熱愛有時』，你下輩子會繼續這興趣嗎？」Timmy 堅決地：「『追星』只是我現在的 stage of life！佛洛伊德說過：『本我 id，還我 ego。』此刻，我樂於做『我是我』啫！」我點頭：「做回自己，是很開心的；我們那年代，生命常常只是『豉油碟』，給別人『點』；一代人，活出一代的自由態度……」

我說：「『集郵』，有沒有不快的經歷？」Timmy 立刻回應：「最氣餒是等了數小時，原來名人從後門走了！有些名人完事，立刻跳上私家車，絕塵而去，招呼也不和我們打一個！最可惡是有些保安，『拿着雞毛當令箭』，對粉絲呼喝推撞，沒有禮貌！最後，有些名人，為『出席而出席』，活動限時限刻，『夠鐘』便走，不跟粉絲們逐一拍照留念，但是，有些演員卻相當 friendly，如方

力申、馬國明、陳豪除了『任影』，還會為影迷拿相機，攝取最佳的角度。」

我掩嘴：「每件事情都有學問，『為粉之道』，也不簡單。」
Timmy 拍拍自己：「對呀！我參加活動之前，會做點 research，先了解這場地的『地形』，例如在銅鑼灣皇室堡商場，2 樓還是 3 樓對拍攝角度好一些？名人會從哪裏走入商場？哪裏是離開秘道？帶甚麼攝影設備？要否用長鏡頭『架生』？如站立數小時以上，穿甚麼的球鞋？」

我聽後，大開「耳界」：「所有宣傳活動，其實都需要supporters，難得有一批不收費又可以把場面弄得熱熱鬧鬧的有心

人，相得益彰，更何況你把報道放上社交媒體，讓成千上萬人觀看，推動了人們關心文化、藝術和娛樂。不如這樣吧，你用『行禪』的態度，有心地、用心地，把興趣昇華為意義，把意義昇華為力量，組織一班有見識和品味的『粉絲團』，認為值得推廣的，便『班』三、四十人，去捧一些有才華的作家、畫家、藝人的場，讓他們可以『圈粉』，得到認同，可不要忘記『撐』我呀！」Timmy 按着肚皮忍笑：「好建議！每次派 100 人支撐你活動的場面！」我翻白眼：「哈，才不要！我認識一個名人，紅的時候，數百粉絲；不紅了，只有小貓三、兩隻在機場等候，他傷心得要命。如要選擇天堂和地獄，我寧願早在地獄躺平，吾等是天生的『土湯匙』，虛榮，對於我，是堯舜的年代了……」

在人生的舞台上，我現在跳着的舞叫做「惆悵」。努力的人、慵懶的人，結果都會留不住青春。望着張港欣怡面那大半杯的檸檬冰茶，我忌妒了：青春的好處，是青春之外，還有青春，可以做回自己，嘗試不同的生活方式，開開心心；最重要的，青春是製造美麗回憶的棉花糖小烤鍋。

棉花糖，留不住，入口即溶；春天的雨，薄薄的，黏上臉龐，也即乾。我們年輕時候的喜和樂，本應如斯……

霍俊熹：香港五類商場的文化

Mall 到用時方恨少。

街上人多，空氣差，車輛吵；夏天時，高溫灼熱，滿身臭汗。天呀，閃入商場，呼吸空調；各式店舖，貨品琳瑯滿目。

晚上，狠毒的路燈，追寂寞人來照射，快，躲進商場，大吃一頓，把孤單吞下肚。

大約在 1930 年，尖沙咀彌敦道有重慶市場（重慶大廈現址），據說是香港最早的購物商場，它是圓形設計，店舖圍繞着廣場四邊；在第二次大戰，日本人把商場的名字由 Chung King Arcade 改為 Chung Hing Arcade，不要英國「King」這個字。

霍俊熹（Leslie Fok）中小學就讀聖若瑟書院，多倫多大學畢業後，回港，先做 marketing 和 branding，最後，做了商場管理，40 來歲，已是「專字輩」，精於商場營運；他愛好搜集當代藝術品，我開玩笑説：「小心買到破產！」他打個手勢：「幸好，賺多於蝕！」Leslie 是「暖男」，溫文盡責。

Leslie 微笑：「我喜歡 shopping，同時，可留意消費趨勢，故此，管理商場，既是我的工作，也是喜好；但我從小到大，shop 得最多的是另類東西：郵票、動畫閃卡、電話卡、模型車。」

文化，是人類創造的物質和精神財富的總和。我挑戰 Leslie：「商場，既是代表消費的物質財富，也代表生活的精神財富，可否細列香港的不同商場文化？」

Leslie 想一想:「唔⋯⋯有五大文化種類吧!」

他在數手指:「第一類,從 Landmark、Pacific Place、MUSEA 等等,稱之為『Luxury Mall』(豪華商場),它們講究排場。平民百姓,不在那裏買東西。」我笑說:「對,裏面很多東西,是我要儲錢才有能力買的!不過,在 90 年代,Pacific Place 尚存平民商店,例如書店、『香港唱片』和大家樂快餐店。」Leslie 補充:「這些商場,多是大地產商擁有,主打奢侈品名店,『客路』以富貴遊客及有錢人為主,通常有一個中庭位置,在節日時擺放大型裝飾展示。當然,經濟好的時候,這些商場的租金回報,是最高的!」我插嘴:「聽說,幾百元一呎租金,極普遍的。最好景時候,在這等商場開店要排隊的。」

我問:「第二類呢?」

Leslie 笑笑:「第二類,叫『Mainstream Mall』(主流商場),多由大路的零售連鎖店進駐,主攻一般中層消費客。這些 malls 比較實際,主要追求人流及租金回報。商場不同層數為不同客戶服務,不大介意層與層的 synergy(協同效應),一層賣時裝,突然,另一層賣電器。而且,當他們招攬某牌子駐場,常要求租客同時『食埋』其他地區商場。旺角奧海城、觀塘 apm 等,便是主流商場。」

Leslie 喝了一口茶,再說:「第三類,叫『Neighbourhood Mall』(民生商場),多建在大型屋邨或鐵路沿線的站頭,針對民生需要為主,店舖如超市、藥房、生活雜貨、酒樓等。不要看輕這些商場的業績,只要附近人口稠密,很容易『丁財兩旺』。這些商場不會太着重品牌管理,而所搞的活動,亦以品牌授權、換

第一章
好人

領獎品等為主。」我搭嘴:「我認識的街坊,很多不喜歡在家煮飯,每日三餐都在商場解決。有些公公、婆婆為了家裏省電,中午便去這些商場享受冷氣。我愛街坊 mall,可以穿拖鞋。」Leslie 點頭:「不過,有些民生商場漸漸被高級消費品搶灘,失去了服務街坊的本意!」

我問 Leslie:「第四類呢?」他吃了一口 pizza:「是『Themed Mall』(主題商場),例如東涌和杏花邨的 outlet mall、沙田的傢俬城等。這些商場面對的挑戰,是如何吸引專門客人?再者,召集這些主題租戶走在一起也不容易,另外,商場面積要大,才產生『一加一等於二』的協同效應。」我想起了:「我鍾愛當年旺角的主題商場,沒有人安排的,只是同類型的店舖一家又一家『聚合』,臭味相投走在一起的:不要害怕它們龍蛇混雜、簡陋粗俗,但是,很有『港佬』的特色。例如亞皆老街的『先達廣場』專賣水貨手機、『荷里活購物中心』是青少年潮服的熱點,明星穿甚麼,那裏便有『A貨』、廣華街的『仁安大廈』地巷滿是軍用品和玩具店……還有還有,『好景商場』,是當年賣色情光碟的中心,黑道人物在樓下兜售 DVD:『五蚊一張、十蚊三張……埋嚟揀埋嚟睇!』那些日本 AV 女郎今天都變成嬸嬸了!」

Leslie 和我集體回憶:「當然,還有以前深水埗『黃金戲院』專映邵氏的國語片,在 80 年代變了電腦產品中心,叫『黃金商場』,哪個男孩子沒有在這裏留下『腳毛』?」

我追問:「那麼,第五類商場是?」Leslie 哂笑:「第五類是我在經營的,叫『Community Hub』(社區平台)!」我不明白:「甚麼意思?」他說:「集合相同理念、擁有創新思維的人走在一

起，建立以『創造共享價值』為基礎的 mall。」我開玩笑：「聽上來，像是文青的大本營。我想起在 80 年代尖沙咀漆咸道的『百利商場』，一群青年時裝設計師聚在那裏經營小店，還記得去『百利』不是買衣服那般簡單，是和設計師交朋友、談生活。唉，這些溫暖，俱已過去⋯⋯今天，幸好還有荔枝角的 D2 Place，在工廠區中，別樹一格。」Leslie 同意：「東京的潮區『裏原宿』，便是這樣慢慢發展起來⋯⋯」他頓頓：「我們要的是『社群』而不是『客群』，客群為了買一個品牌或產品而來，而『社群』mall 是一個文化基地，當 birds of the same feather flock together（同羽毛的鳥兒飛在一起）後，大家有甚麼最新活動和想法，立刻交流，不過，這些商場要長期營運，才可建立共享的價值觀，故此，租金回報很慢，要有心人，才有興趣經營。」我有感而發：「在北角油街附近，有人建立一個文青商場，叫『富利來』，很有感覺，但見客流很少；香港人的文化水平偏低。」

Leslie 若有所思：「不過，在香港經營商場很不容易，除了『網上購物』的挑戰，還有『空間』那老問題。在外國或內地，他們不只是『商場』，而是『購物區』，地舖商店的組群，形成不同特色的主題街道，氣氛當然好，但香港地少人多，很難找大片土地；也許，灣仔的『囍帖街』是類似吧。而且，地方夠大的話，可以把相連的設施放在一起，例如東京澀谷的 Scramble Square，把藝術館、體驗館、共享空間等，綜合地放在一個大樓，那 experience 完整很多。」我同意：「外國叫這些做『Experiential Mall』（體驗商場），最新的還加上『art tech』體驗。」Leslie 最後説：「觀乎全世界的商場，差不多沒有一個樓高於 4 層而能成功

的，樓層太多，客人都累了，沒有興趣再往上走；可惜，香港因為地價問題，商場大多往高空發展，例如銅鑼灣希慎廣場；但是，如何把人流引進高層，是一種挑戰！」

做人，最要緊是開心，很多人就是喜歡「買、買、買」，用它舒解壓力。我不算購物狂，但是，回家時，發覺整天沒有買過一件東西，心理上若有所失！

我喜歡逛 mall，中毒太深；常在河邊走，哪有不濕腳。

在太古城中心買 Muji，是「濕腳」；往 Elements 買 Hermes 是「濕身」。濕腳，可以穿拖鞋；濕身，往往要把衣服脱光光。錢，還是多留在口袋好。

美
事

香港夜市興衰：搞活「夜經濟」的挑戰

床前未月光。

旅行時，大家都貪心：忙於「餵」眼睛、「餵」肚子、「餵」手機；酒店房間的數丈白布如病床，累得半死才跳上去。

最近，旅客投訴香港沒有夜生活？商人投訴香港沒有「夜經濟」（night-time economy），說這城市從「購物天堂」，至「飲食天堂」，現今，只是「小紅書打卡天堂」！

前塵往事，嗆鼻上心頭。年輕的你，是不懂我們回憶的憂愁。

夜生活有兩種：室內和戶外的。

室內的，要付錢，如酒吧、夜總會、桌球室。

戶外的，外國叫 night market，香港叫「夜市」或「大笪地」，吃、喝、玩、表演都有；但是，人力貴重，全世界夜市的表演愈來愈悶，偶爾，有些 busking 和 statue performance（活體雕像）吧。我的小時候，香港夜市的表演林林總總，有耍功夫、玩蛇、魔術、雜技、唱粵曲、鳳陽花鼓舞、相聲、玩樂器、麵粉公仔，還有各種特色食品，例如蛇羹、炒「和味龍（水甲由）」；而靜態的有占卦算命、書法繪畫，但最嚇人的是有「醫師」即場為你挑走臉上的癦痣和腳底雞眼⋯⋯今天，在高雄的六合夜市，仍有盲人按摩檔；曼谷的 Patpong 夜市可以吸大麻；首爾東大門夜市賣狗肉煲，而芭堤雅的晚上，遊客必看 drag queen show。

搞活「室內夜場」要靠商人闢蹊徑，但他們有利潤才做。

2019 年的社會動盪和 3 年 COVID 疫情後：香港經濟疲弱，移民走了數十萬人，大家習慣了 10 時回家，過「宅」生活，看 Netflix、做 24-hour gym，「見人不如舉鐵」。外面的消費愈來愈貴，喝杯東西動輒百多元；不如，一家人早點回家，天倫代替消費！還有，香港人手不足、服務態度差，當然，服務員也做到「甩頭甩髻」。最重擊的，是近年宣傳大灣區（GBA）好玩，香港人去過後，「食過返尋味」，發覺那裏商場多、餐廳多、夜場多，人民幣又「低水」，有空，跑去「嘆世界、補番數」！每逢週末，數十萬人過關，「週末 GBA」，成為新常態。

我的小輩説：「香港，只是我的 office，不花錢，週末去深圳大手大腳，享受更大的生活空間！」文化朋友説：「香港人口老化，像溫哥華，是退休人的好地方；也愈來愈像金融城市 Frankfurt；無心好清靜，人用去灰塵。」

飲食界老闆嘆氣：「沒有大量 re-investment（再投資）是目前的困局。香港舉目所見，特別是酒樓和本地品牌，老舊的多，遊客都喜歡 jump on the bandwagon，期待香港推陳出新？我年紀大了，子女又不願意接手生意，你叫我再投資飲食生意，倒不如積穀防饑！」

「人同此心，心同此理」，怪不得香港晚上市面缺乏活力；另外，內地遊客多是「旅遊特種兵」，打打卡、買買藥物和護理用品，不留宿酒店，便「急急腳」經深圳或珠海回鄉。

「中坑」們，回想 90 年代夜生活，尖東五條街道塞滿的士；感觸得抱頭痛哭。

「風月總留痕」，香港夜生活的歷史剪影是這樣的：60 年代，

香港流行「舞廳」和「夜總會」，舞小姐真的懂得跳舞，她們許多走難才來了香港，有氣質、又漂亮。70 年代，專唱西曲的洋酒吧最受歡迎，樂隊和歌星都是青年；往後，出現了一些「酒帘」，場內一個個高身的卡座，小姐過來坐檯，喝酒聊天。80 年代，有很多容納數百人的巨型 disco，擠滿狂舞的潮人；後來，動極而思靜，優雅的「lounge」慢慢開始流行，最出名是尖沙咀喜來登酒店 Sky Lounge，至今仍在，安靜、輕鬆、有風景，高高貴貴地喝一杯。對對，還有「民歌餐廳」，吃過晚飯，結他手輪流自彈自唱；另外，有些叫「sing-along」酒廊，當時，未有卡拉 OK，這些地方給客人上台高歌一曲。80、90 年代，是香港夜生活的高峰，任何人沾不上夜生活，是一種「罪過」，當時，還有些「cabaret 夜總會」，例如尖沙咀的海城、海洋皇宮，聘請名歌星在顧客晚飯後表演，羅文、甄妮、陳百強也曾載歌載舞。

90 年代，最輝煌是尖東的「日式夜總會」，小姐未必懂跳舞，只是來「坐檯」勸酒、把水果送入你口，顧客一個晚上，花費數萬元，是等閒事，那年代，流行「權色交易」；最厲害的一家叫「大富豪」，還計劃集資上市呢！

到了 2000 年以後，香港的租金和工資都高，而深圳的夜生活比香港還精彩，漸漸地，紙醉金迷的港式夜生活褪色了。此時，只留下一些「蒲區」，酒吧、「私人」會所（其實是收取「會員」費用的藉口）仍在，顧客來猜枚買醉；最煞風景是女孩子也喝得酩酊倒地，臥在中環蘭桂坊或尖沙咀的諾士佛台，還被壞人掀裙「撿屍」。唏！夜生活開到荼蘼。

來談談「戶外」活動吧：香港島第一代的夜市，是 1936 年荷

第二章
美事

李活道的「大笪地」，從歷史相片看來，人們穿着民初服裝，買賣雜貨、有飲有食，還有賣藝，好不熱鬧。

到了 1970 年，大笪地改建為公園，政府把小販搬到上環的新填海地（即今天信德港澳碼頭）。我在香港大學唸書的年代，很喜歡來那夜市吃辣酒煮花螺，來一瓶青島啤酒！記得有位歌女拿着咪高峰在路邊，唱出感人的情歌叫《兩相依》；永記一生。

九龍第一代的夜市是廟街：廟街早於 1887 年的地圖上已有記錄，以公眾四方街的天后廟（叫榕樹頭）為中界，接近窩打老道的一段叫「廟北街」；接近佐敦道的一段叫「廟南街」。在 80 年代高峰期，每個晚上，販賣攤位及表演檔口，接近 1,000 家，遊人如鯽，成千上萬；我唸中學的年代，同學喜歡去廟街吃「瓦煲仔飯」，難忘那香噴噴的飯焦。當時，廟街公廁門口的擺檔，專賣電子潮流產品，我記得人生第一台手提小風扇，是在那裏買的；還有，我爸爸在那裏買了一對「白飯魚」波鞋給我，還用紅膠袋抽着呢。1978 年，徐小鳳爆紅的歌曲叫《風雨同路》，唱片賣出數十萬張，廟街攤檔整整一個月，晚晚播着：「似是歡笑，似是苦困……」

去年，我逛了一次廟街：變天了，「水盡鵝飛」：攤檔在半營業的狀態，隨便放些「淘寶」東西，意思意思一下。街尾有「性工作者」，她們一百年來，都是廟街的「文化象徵」，這些中年姑婆，無心戀戰，在抽煙、在聊天……月過十五光明少。

真懷念數十年前的香港夜生活！除了以上的夜間活動，還記得嗎？尚有電影午夜場（電影 11:30 p.m. 才開場），到處麻雀娛樂、卡拉 OK、骨場（即桑拿館，最著名是駱克道新瀛宮，佔地三、

四層）、篤波場（即桌球室，許多凌晨 4 時才休息），滿街都是宵夜大牌檔和餐廳，潮州打冷、雲吞麵、點心店……應有盡有。最後，每區的「無牌」小販，晚上便出來搵食，還記得觀塘裕民坊的「熟食車仔」嗎？

最近，政府推出「夜市計劃」，搞活「夜經濟」，看來，最難是 sustainable。你看：旺角西洋菜街行人專用區的「晚間 busking」，因為遭人投訴，最終關門大吉。遊客眾多的女人街（即通菜街），到了晚上 10 時多，檔主已經「落雨收柴」。觀塘 apm 商場，曾經營業到晚上 12 時，因為「夜鬼」不足，也搞不下來。

如何「搞旺」夜間活動及夜市？難題有八大。

首先，香港缺乏 1 至 2 成的勞動力，哪裏找工人「看場」？然後，年輕人都說 work-life balance，多少人願意夜間工作？第三，香港人愛投訴「聲害」和「光害」，但是，如地點人跡罕至，誰會去呢？跟着，香港人「貪靚」，大家拼命減肥，過了 10 p.m. 水果也不敢吃！還說宵夜？有人建議在運動場搞夜市，市民愛運動多於夜市，一定「嘈到拆天」。第五，有議員建議長期在西九海邊搞夜市，但是租客們「易請難送」，將來如取消，安置他們去哪裏？你看政府搞「美食車」project，後來要結束，如何善後？第六，有人建議每區劃出一條街來擺夜檔，如是這樣，豈不是把多年的小販管理政策，推倒重來？特首要求夜市要「注入新元素，增加新趣味」，我去過眾多的文青 flea market，「行貨」比較多，因為創意冷門的，多數賣不出，結果，還是小飾物、肥皂、香茶等等，去過數次，便失去興趣。

最後，也最致命的，是香港人的生活改變了，走向「歐洲化」：

早睡早起。晚上早回家，躲在家進修、玩手機、網上購物和交友，何必在外「流離浪蕩」？

其實，所謂「夜生活」，十一時多回家，也差不多吧，如是這樣，不如支持嶄新「文化經濟」（cultural economy），我們很快有啟德體育園、東九文化中心、粉嶺文化中心等表演場地，不如，投資多些可觀表演項目給遊客看，散場時候，也很晚了，應該「夠喉」啦！聽說內地來港的遊客，許多是年輕文青，喜歡「文化深度遊」，那麼，可以學習倫敦的 West End，或紐約的 Broadway，用觀眾帶旺人流，你看 Broadway 散場後，大家擠去 pizza 店宵夜聊天，這文化經濟總比「大笪地」或商場延長營業時間，更有前瞻性，可以推展香港成為「文化之都」的深層意義！

近月，深圳推出融合舞蹈與武術的舞劇《詠春》，其中葉問挑戰四大門派的打鬥場面，叫人目瞪口呆，引起全國的撲飛熱潮，跑去深圳看 show；但香港有甚麼節目，可以連續演出數月？

有人說：夜市的成功，是最終能否把晚間娛樂消費模式跟白天無異。如是這樣，成敗因素不在於日或夜，而是：如何把白天亦平平無奇的香港變得有趣？否則，只是晚上重複白天的經濟活動，又何以維持下去？

《相約星期二》：張可堅、方力申和我，到底是「膽大」、「身痕」還是「硬頸」？

人，是最難搞的動物，因為我們有夢想，故有行動。

夢想，從來是一小步、一小步，走上月亮的天梯。路上，每個人都遇過一個恩師在旁指導，如 Mitch 遇上 Professor Morrie。

某天，陽光爬到餐桌上，張可堅、方力申和我，坐下來，談：「人的生命，到底是甚麼意義？」我頓時想起一句感觸的話，來自世界名著《相約星期二》，它說：「只要明瞭死亡，就懂得生存！」他們笑我 dark，我回說：「死亡，也可以是積極的力量。人，生下來，是一條步向死亡的道路，有些人走快樂大道，有些人走痛苦小徑；除了命運，生活的成功或失敗，在乎一個人對短暫生命的態度！」

張可堅吸了口氣：「《相約星期二》的舞台公演，約是 20 年前的事情，是我好搭檔古天農擔任導演，這劇也是戲劇大師鍾景輝的精湛演出。人似浪花流水，天農離開了人間，King Sir 也退休了。《相約星期二》做了百多二百場，傳為佳話，但一切已落幕；說白了，只有我這個『老將』留下⋯⋯」

我們聚會的時候，COVID 仍揮之不去，香港市民戴上口罩。我忽發奇想：「《Tuesdays with Morrie》（《相約星期二》）是作家 Mitch Albom 1997 年的作品，他的自傳故事；除了書名，後面的標題還寫上：『An Old Man, A Young Man and Life's Greatest

Lesson（一個老人、一個年輕男人和生命的偉大課堂）』。至今，它賣了數千萬本，及翻譯成三十多國語言，更又改編成為舞台劇、電視劇。我們來一次『故夢重溫』，把《相約星期二》話劇重現，好不好？」

張可堅和方力申認真地思考，陽光已爬上他們的臉龐。

　　我再想想：「在目前香港低沉的社會氣氛中，我們需要一齣積極、精彩、有意義的舞台劇來鼓勵大家。」

　　《相約星期二》講身為體育記者的作者，得悉大學時代的sociology（社會學）教授Morrie Schwartz患了ALS（漸凍人）症；而他畢業多年，幾乎忘記這位好老師，於是，一盡責任，從老遠去探望Morrie，誰料……Mitch正處於人生彎曲高低之際，重遇這位老人家，兩人有說不完的生命話題、脫不掉的歲月感觸，可惜，無情的事情在Morrie的身上，終於發生，可以怎樣……

　　人的一生，可能在持續燃燒，也可能在身心腐壞，可以控制

嗎？生存，本來就是很沉重的責任。做人，最大的失敗在於不知道自己在做甚麼？為何這樣過日子？但當你知道以後，快樂才化為更大的快樂；痛苦，也不再是痛苦，這些都是《相約星期二》的思潮。許多人不肯推敲生存的意義，平平淡淡，或渾渾噩噩，但活得自信，真妒忌。

張可堅點頭：「你說得對，這一套劇，對我的意義很大，如果中英劇團批准，我願意再來一次。」方力申高興和應：「我從未做過舞台劇，樂意嘗試，給觀眾一份驚喜。我喜歡『正氣』的東西！」

我拍拍手：「太好了，那麼，寫信給作者 Mitch Albom，如果他同意，我們就『去馬』吧！堅叔（張可堅的暱稱），你現在也有教學，演 Professor Morrie，絕對有說服力；Alex（方力申的英文名），你另一身份是體育主持，演 Mitch，最巧合不過；難得你倆竟然可以在舞台首次合作！」

生活中，有了夢想，像空氣中嗅到花香。我的看法是：命有注定，不必強求，但亦不應輕言放棄；總之，見一級樓梯，便爬上一步，成和敗不重要，不要浪費上天給予的機會。

我們三個，沒有堅持必然要上演《相約星期二》，但是，事情總是一步步順利地亮綠燈：演藝學院有檔期（感謝他們的 Kamille）、作者 Mitch Albom 同意授權、中英劇團（在此表達謝意）批准堅叔這工作、上海商業銀行（特別感謝領導 Mr David Kwok）出手相助，冠名呈獻，終於，只好對老天爺說句「卻之不恭」，哈哈，三人墮入命運的圈套。

要準備一個好的舞台劇，真不容易，像被鞭打數百下，又像哎吚唷嘿地上刀山。

年紀大，機器壞，做一次演出，無論時間、精力、資源，都要付出；將來，除非遇到很有意思的項目，否則，做完《Tuesdays with Morrie》，已經心滿意足，「夠喉」了。我向朋友，「碌卡」無數，真的不好意思，何時才報恩？

　　喜歡《相約星期二》這故事，因為它讓我感激一位老師。我們的生命中，總有一位好的導師，指導我們走出「當局者迷」的事情。這位恩師姓儲，從中學便認識，數十年了，他的太太也離開了，小孫兒快要入大學，但我和他的情誼，年紀愈大，愈堅韌從容。唸書時，當生氣難消，便「離家出走」，往他的家裏借宿夜話；最難忘老師的一句話：「活得好好的，便不用找我，當遇到解決不了的問題，記得來我家坐坐呀！」

　　今次，台前幕後，會傾力做好（欠了團隊的 Elaine 和 MiMi 一個大人情），因為 King Sir 的《相約星期二》珠玉在前，我們豈可失禮於後。如果大家想找一齣有意義、有思考性和啟發性的話劇來看，抖擻抖擻一下，便來支持：我們 11 月 3 日（星期五）至11 月 12 日（星期日），在灣仔演藝學院誠意地公演，來觀賞吧。我們還會邀請許多弱勢社群及學生們來看，而每一張票的支持，對劇團都深有意義。

　　我問張可堅：「很多人説期待看你演 Professor Morrie，和鍾景輝老師有何不同？」堅叔笑語：「好的演員，是利用自己的本質，融入角色，所以，我的『教授』一舉一動，必會充滿張可堅的影子，希望大家懷念 King Sir 演出之餘，也來欣賞我的版本！」

　　方力申調皮眨眼：「別人問我：『你的演出，和以前演 Mitch 的陳國邦有何不同？』我答：『請買飛入場看，便會知道囉！』」

星期
Tuesdays

學院廖湯慧靄戲劇院
Liu Drama Theatre,
ong Academy for Performing Arts

香港人壽
hong kong life

藝術境界裏，有一個理論叫「reincarnation」（藝術重生），簡單來説，便是把舊的表達方式，來一次新的演繹；有人説：「就是 to be made flesh again（再來一個肉身）。」名藝術家 Andy Warhol 把大眾熟悉的廣告圖像，變成了「pop art」（波普藝術），就是一個非常優秀的例子。話劇，是一種隨着時代更新的表演藝術。上一次《相約星期二》演出已經時隔多年，台前幕後的人換了，手法和技術也改變了，我們會呈現另一種「光合作用」。

　　今時今日，香港人總是「忙、忙、忙」，不過，11 月份，請抽一個晚上，吃過飯，一個人、一家人、一群人，樂樂陶陶；《相約星期二》誠意邀請你，在舒適的劇院裏，「圍觀」張可堅和方力申如何處女對決，看誰對前人的成績，抗壓性較高？新的組合、新的演繹，訴説一個動人的故事（Morrie 教授於 1995 年離開人世，享年 78 歲）。

　　《相約星期二》充滿人生金句，有一句是「生命中最重要的事情，就是學習如何付出愛，以至接受愛」，聽來好像很百姓尋常，但是，我們許多人窮一生的精力，也學不會……

　　陽光，在 10 月，是溫柔的，我在祈禱：11 月，陽光應該更仁慈吧！

創作團隊

李偉民　監製

文化藝術工作者，包括編劇、電台主持
作者；歷年來擔任多項文化藝術公職，現
委員會主席，曾任香港藝術發展局副主
會主席、香港電影發展局委員等。在大學時期
編劇。文章見於各大報章等，曾出版多本小說人
《被告有碗豆》、《共罪命鳥》、《佬文青：狂少年》、《佬文青：無限好
懶得哋嘅》等。

李偉民擁有獨特的法律及藝術背景，
目主持，水曾為有線電視娛樂新聞台的法律顧問。
李偉民在香港發展文化藝術工作多年，其貢獻獲得肯定，20
年獲頒授銅紫荊星章。

監製的話

數年前，某天，陽光從彎車路軌爬到餐桌上，張可堅、方力申
想起世界名著《Tuesdays with Morrie》
人的一生，可能在持續燃燒，或在身心崩壞
下去，我慶幸遇過一個好老師，他說：「活得好好的」，不
《相約星期二》講任體體育記者的作者Mitch A
患了漸凍人症，他從老教去探望Morri
話題，捨不捨的歲月感觸，可惜
文字，賣出過千萬本，更改編
約2007年，《相約
Morrie Sch
張

深圳成功大型舞劇《詠春》對香港帶來甚麼文化競爭

　　人的快樂和悲傷，許多是和得失有關，而得失又多是和「名利」有關。生不帶來，死不帶去，弱水三千，只取一瓢。知足，幸福才敲門。

　　一向德配天地的畫廊老友突然爆出一句：「做藝術，沒有『名』和『利』，是不行的！」我嚇了一跳，她失笑：「是正面的：名，代表藝術家的名聲，即『人哋覺得你是好嘢』嗎？利呢？則代表另一種實力，到底可以有多少資金投入藝術？又可以有多少回報？沒有『資金回籠』，哪有能力把藝術活動延續下去……」

　　這樣說，則轟動內地，傳頌藝壇的深圳舞劇《詠春》（Wing Chun），絕對是「名利」雙收。深圳從特區至今，只有四十多年歷史，卻出了一部鞭炮齊鳴的舞台藝術作品；香港有一百多年歷史，政府從 60 年代至今，花了億元又億元，支持了藝術六十多年，但我們的藝術界仍未出品到一部在亞洲知名、交口稱譽的作品。須知，一個 signature production，是一個地方的藝術成就、藝術吸引力和藝術經濟的指標。那麼，where are we? 這絕對不是把責任推給政府，便得以解決的問題！

　　身邊的朋友說：「數百元一張票，一家幾口，加上交通費用、吃晚飯，看表演隨時花上數千元，還要正襟危坐二、三小時，當然要挑精彩的舞台作品，否則，留在家，看 Gimy、myTV Super、

Netflix，更物有所值！」

作為圈中人，我半輩子看了太多「大型作品」，自己愈來愈另類：喜歡悄悄躲去牛池灣街市小劇場，觀眾不到一百人，低奢地欣賞年輕人沒有 budget 的創作，心靈卻和作品同在。騷畢，往旁邊的華池徑吃一碗潮州河粉，比踏足高貴的文化場所，自如十倍。但是，我是小眾，還是秘書小姐實際：「同樣是 500 元一張票，當然要看大製作啦！正如看電影，為了 Marvels 才入戲院囉！」

在香港，八成的劇團都有政府資助，撥款部門為了照顧為數不少的團體，不可能「爽手」給予每個藝團巨資去做大型作品；更何況，有多少人有能力可把它做好？我看過有些劇團的大型製作，總是欠缺了些甚麼？

《詠春》在內地爆紅了一年多，終於今年一月份來香港演出數場，但是，宣傳不足，反應不算熱烈，非常可惜；香港人錯過了這麼精彩的一齣舞台作品。

《詠春》是舞劇，沒有對白，舞技以外，還要演戲。此劇由深圳官方單位出品，深圳歌劇舞劇院製作，節目長度兩小時，約 70 位演員、舞者傾力演出；舞台綻放春色、繁花怒放。導演是著名的編舞家韓真和周莉亞，編劇是馮雙白，而跳得、演得、打得，演「詠春大師」葉問的 20 來歲小夥子叫常宏基，河南人，他凌空飛舞，「嚇死人咩」，雖然，成就是努力加上天賦，他仍然謙虛地說：「我只是路人甲！沒有人天生站在 C 位的！」

《詠春》故事是這樣的：退休燈光師從電影資料館找到了曾經拍過電影《詠春》的一份封塵多年檔案，於是，難忘的片段出

現腦海：葉問如何從佛山來到香港、如何受到欺凌、如何創立武館、如何和「太極」、「八卦」、「八極」和「螳螂」四大派比武，最後，如何和妻子張永成離別。劇情起伏動人，是一場藝術盛宴。

我的伯樂俞琤教導我：「好的作品，仍須 70% 靠宣傳，才有人知道。」嘉禾電影的創辦人何冠昌說過：「給我一句話，只要一句話，為甚麼觀眾要看你的電影？」我的老師更直接：「無謂扮高深，好戲，當然要聲、色、藝全啦！」現代觀眾要求高：假的真不了，真的假不了。已逝世的電影人向華勝強調：「你問自己：打開成功票房的 key 到底是甚麼？」

要回答這些問題，特別從舞台作品來說，很簡單；今天的劇場觀眾決定看不看一齣劇，先探究 3 件事情：劇評人（可惜，香港沒有太多舞台藝術評論人）的評語？身邊朋友是否推介？網上社交媒體的留言？才會買票；當然，那些 sell 偶像的東西，另當別論。此外，好不好看，不外乎 4 個範圍：劇本（或舞編）好嗎？演員或舞者（或舞者）出色嗎？製作優秀嗎？還有其他可觀性，例如創意突出、深層意義、啟發思維等？

讓我按照上述 4 點，分析一下《詠春》的好壞。舞劇是沒有對白的，而這個劇走普羅大眾的路線，葉問的生平又耳熟能詳，因此，故事沒有特別之處，主要平鋪直敍，但聰明地方，是用了「舞劇」形式，講述葉問的故事；因為沒有語言障礙，容易打開國際市場，否則，用「音樂劇」（musical）形式，演員要「唱、做、唸、打」，較難達到全方位。

舞者好嗎？答案是極好：跳的、打的，都達到「聲、色、藝」

全的境界：他們有外表、有台型、有舞技、有功夫。「睪佢玩晒」！唉，香港地方小，人才少，比起內地，拍馬難追。

製作呢？《詠春》是優秀的；無論舞台、佈景、燈光、化妝、服飾都出色，可惜未算驚喜。當中最強的，是叫人振奮煥發的配樂。不過，香港的幕後團隊，絕對有能力做出這個水平！

《詠春》有創意嗎？有，但也不算特別。香港舞蹈團也曾嘗試把武術和舞蹈混合演出，2020 年，《凝》這「舞 X 武」作品，便是其中之一。多謝數部《葉問》的電影，觀眾對葉問這個人及詠春這武術，有着濃濃的親切感，看到葉問如何遭到欺負、如何和其他派別比武、如何除暴安良，連我這個老僧入定的「油條」，也血脈沸騰起來！當然，《詠春》最出色的「舞武者」，特別是高手激烈對打，主角騰空飛躍，觀眾多次叫好！

《詠春》舞劇，不可不看，因它是關於「廣東佬」的優秀作品！

香港政府，快將推出「重點演藝項目計劃」，最高 1,000 萬元的資助，及額外 500 萬元配對任何私人的投資金項，希望香港可以發展本地大型重點表演藝術項目（signature project），鼓勵出長演（long runs）及重演（re-runs），叫人歡躍！

香港舞台演出要進一步提升，達到轟動國際的境界，最大的困難是人才局限；我們必須吸納內地專才，參與創作、製作及演出。業界不應該怕挑戰，怕在「貨比貨」比下去。在合作和共融的情況下，培育人才、提升水平，香港的大型演藝作品，才會有成績斐然的 long runs 及 re-runs 的出路！否則，只會延續舊路，製作一些行貨，「做完便摺起」的東西。

舞台上，最大的成就是上述所説，可達到正面意義的「名」和「利」，如有一天香港作品能夠放諸四海，世界市場便是一座大山，收益、歡呼聲，全部都有；當然，藝術工作者，有別於娛樂工作者，最重要是我們成功後，「莫忘初心，為藝盡瘁」！

　　突然，想起一句話：「學無前後，達者為先。」

年輕人最關注《全民造星 V》的好與壞

　　年輕人，喜愛和別人在體格和才華較量，那叫「比賽」。成年人，為了利益，要弄垮競爭對手，那叫「鬥法」。老年人，還鬥甚麼？優雅地踏下台階，要戰勝的是自己如何活得更好，那叫「場外賽」。

　　「MIRROR」，這隊轟動香港的跳唱男團，是 ViuTV 數年前的比賽節目《全民造星 King Maker》培養出來的，聽説這團帶來的收益，是「成億上萬」計，全港矚目。

　　2023 年《全民造星 V》，一如既往，香港的年輕人前仆後繼地報名參賽。青春多好，不怕辛苦、不怕丟臉，一句為了「dream」、一句「我 enjoy 這舞台」便血拚。到頭來，最「enjoy」是我們這些拿着花生來觀看的閒人，因為節目委實充滿娛樂性。我從第一看到第五屆，見到年輕人的潛質和熱血，很是感動。這次比賽，最後勝出的冠軍是香胤宅，唉，樣貌、觀眾緣和才華同樣重要。

　　《全民造星》這節目，是世界其他類似格局形式「炒埋一碟」，有單打獨鬥、有隊鬥，還有真人騷（reality show）（即參賽者的幕後花絮，以增加趣味）。

　　節目沒有正式規矩，不算是嚴格比賽；評分沒有預設的標準，有些評判以表演項目是否好看作為準則、有些以參賽者是否擁有才華作為考量、有些以他們是否擁有魅力作為尺度，有一位更説：

「你已超過 30 歲了，在這圈子掙扎多年，我給你入圍，作為對你的鼓勵！」

　　節目最開放的，是主持人竟可以對參賽者指點，真的嘖嘖稱奇。導師們（不是評判）也有權挑選誰人入圍、誰被淘汰，更會和評判理論賽果，表達不滿。節目中，參賽者之間又言語交鋒，總之，歡蹦亂戰。當然，最奇妙的，是跳舞可以拿來和唱歌較量；它們其實是兩種不同的 art form。最「不依章法」的節目，最多熱話。

　　最好玩是《全民造星 V》的旁白文卓森，他的旁白抵死，當別人興高采烈的時候，他風趣地冷言冷語，來一個「反高潮」的高潮；節目沒有他的「啜核」旁白，將會「跌 watt」。

　　《全民造星》的參賽者，水準一屆比一屆高，香港的年輕人，潛質真的不弱，但是，本地優秀的導師卻不多，大部份都沒有接受過專業導師訓練，亦未必有培訓的經驗；他們對參賽者的評語常流於皮毛。今次的節目，未知是否剪接的問題，許多時候，導師的講話只是短短數句，經常說：「I am proud of you！」「多給信心！」「Enjoy 這個舞台！」

　　香港年輕人另外出色的，是愈來愈懂得穿衣服，你看參賽者的出場打扮，便知道甚麼是「輸人也不輸陣」！

　　在節目初段，導師陳蕾（她的衣着品味獨特，很有個人風格）和韋羅莎頗不討好，港女式「呱呱叫」，亂了分寸，可能網上負評太多，到了比賽中段，她們收斂了，也漸入佳境，發揮導師的責任，用心照顧學員。

　　評判當中，部份敷衍了事；說了等於沒說，甚麼「好

shine」、「好 touched（感動）呀！」、「好 enjoy！」、「起雞皮呀！」，都是陳腔濫調，沒有專業的批判性。另外一類，只是來「公關」，常說「聲音好好」、「正」、「好有 energy」，這些評語，提升不了一個參賽者的進步。最不卑不亢、有見地的評判是唱片監製陳浩然，他的批評一語中的，幫助到參賽者改進。我覺得往後的《全民造星》，與其找一些中看不中用的名人評判，不如找真正「有料」的專家，賽果更有公信力，不會給人一般「娛樂 show」的印象。

值得一讚的是導師們今次的「分組」能力。當參賽者進入集體比賽時，他們會被分組；今次，導師巧妙地挑選適合的組員放在一起，讓他們變身成獨特的「男團」，叫人眼前一亮，而娛樂圈的老闆在「揀蟀」時，也相對容易。今次的分組，有「跳唱組」、「藝術組」、「活潑組」、「肥仔組」、「大隻仔組」……非常鮮明。

此外，要讚許部份參賽者的勇氣。通常，大多數人參賽，是為了「勝出」，但有些明明知道可能演出失準，仍然選唱難度甚高的歌曲，為的只是挑戰自己；有些利用這機會和好朋友合作、有些一手包辦整個演出，作為考驗自己。

可是，不少香港的年輕人都有以下 3 大「死穴」，這些缺點不是「型」或「無傷大雅」，它反映出一個人的素質。

第一，便是「懶音」：「我」變了「鵝」、「講」變了「趕」、「朋友」變「頻友」，如果年輕人要「挑戰」自己，倒不如先挑戰自己的「懶音」；雖然發音這事情，有句話叫「約定俗成」，例如「friend」，大家已接受為「fan」，但是，公開用詞，便不應該犯錯，因為它顯示了一個藝人說話能力的不濟！

第二，便是英文發音和用字準確。香港習慣説話夾雜中英文，這是「港風」，朋友間私下閒談尚可接受，但是，在電視媒體，使用英文時必須正確，否則，別人會覺得「你不夠水準，便不要用英文表達啦！英語又不是高級些！」，形象會變成「MK」（旺角）ABC！例如「good show」説成「good so」、「round」變了「wind（作動詞用）」、「你好 charming」説成「你好 charm」……這方面，也要批評部份導師和評判們，在公開場合，特別是在一個中文電視台，他們不應帶頭濫用英語，因為電視機前面的大眾，未必個個聽懂你們的意思。如果沒有能力用廣東話做節目，便不該答應這份工作。

　　第三，便是「粗口」陋習。污言穢語，可以是私底下的情緒表達，朋友之間或許接受；但是，在電視的公開場合，説粗話是極沒有禮貌的，雖然 ViuTV 用「嘟」的聲音蓋着這些粗口，但是，當還有觀眾覺得冒犯的時候，表演者或嘉賓就不應該在大庭廣眾粗口爛舌；粗口不會讓人覺得你很親切或「過癮」，只會感到你沒有修養或自私。

　　《全民造星》節目，可以讓有表演才華的青年踏上大舞台，不過，它的比賽制度是殘酷的，因為冠軍只有一個；有時候，這「皇者」不一定是「無縫的蛋」，只代表他在這個制度下，是發揮得最好的一位。例如，從 20 強淘汰到 10 強階段，節目以抽籤決定誰跟誰對壘，但對決雙方本應是十強之選，卻兩強相遇，其中一個不幸出局；故此，節目應該加設「復活區」，從落選的 10 人，選出兩名加入 10 強行列而變成 12 強，那就可以避免「命運賽規」下所造成的箝制！

最後，我從《全民造星》發現一個很有趣的社會現象：今天的香港，男和女真的平等，以往，我們說「男兒有淚不輕彈」，但在這節目中，不時看到男性導師、參賽者都喊到七顛八倒，我猜現場垃圾桶棄置最多的，應該是哭濕的紙巾。

時至今日，我們活在一個「泛感性」的年代，大家很容易嘴巴說出「完夢」、「挑戰自己」、「不枉此生」、「享受此刻」等等冠冕堂皇的感性話，「講咗當做咗」，但是在背後，多少個每時每刻、鍥而不捨，做到至死方休，戰勝汰弱留強的演藝生涯呢？

殘酷賽制，往往是挑選人才的最佳方法，但是，這遊戲也實在無情；也許，嗜血的刺激，是人類的天性。

大眾應該如何公平理解「斬人事件」

兩女於鑽石山荷里活廣場行逛，突遭疑是男性精神病患者揮刀狂插，二人命喪刀下。大家都心情沉重，希望類似事件得以防範，不會再發生。

我是精神健康覆核審裁處（Mental Health Review Tribunal）的前主席，負責審理被強制羈留在精神病院、或在社會被強制接受監管的病人所提出的「釋放」申請，但是，因為此等「得罪人」的工作，讓我受到疑似精神病患罪犯的報復，前後三次；但是至今多月，警方連同醫務衛生局都未可破案，故我特別關注今次鑽石山事件，但也只好接受命運，希望不會發生第四次報復事件，讓我受到任何傷害吧！因為，罪犯不只是傷害我，也是向該審裁處的司法制度挑戰。

香港是生活壓力極高的城市，根據有關精神健康報告：接受治療的精神病患者，由 2011/12 年的約 18.7 萬人，增至 2020/21 年度的逾 27.1 萬人，近 10 年來，增幅逾 4 成，你、我、他的身邊，總會認識到這些需要治療的人士。

不過，不要太擔心，精神病的種類，可輕微、可嚴重；舉例來說，抑鬱症也是精神病的一種，而擁有暴力行為記錄的精神病患者，大概來說，不超過 5%。我審理過多宗案件，嚴重到殺人的，真的不多，這些殺人者，多患有最嚴重的精神病，例如被迫害妄想症，而且「病識感」（指病人沒有真正理解自己的疾病，還堅信

自己沒有精神病或已經完全康復）相當低。

社會應對精神病問題，主要 3 個方法：如何減低患上精神病的機會？如患上了，如何給予他們最快、最好、最能負擔的醫治？如何照顧有暴力傾向的精神病患者，防止當他們生活在社區中，不會構成對他人人身傷害的危險？

其實，如果這些「高危」病人能夠做到 4 件事情，情況便不會惡化：❶定時及密切的複診；❷遵守吃藥及打針的規定（頗多病人覺得這些藥及針的副作用難以忍受，於是公開或暗中拒絕合作；這時候，醫生、護士、社工的有效溝通以至監管工作，便變得非常重要）；❸患者願意和醫生、護士、社工們合作，信任他們（我處理過有些案件，精神病患者不斷無理地投訴醫生及社工們）；❹家人的高度關懷和照顧。

在香港，情況並非太理想：有些精神病人的家屬要工作「搵食」，沒有時間關顧親人患者。有些家屬要在內地工作或身住海外。有些（特別是當父母身故，而兄弟姊妹已婚不同住）覺得照顧患者的責任不在自己身上。有些覺得身心已疲累，再沒有能力照顧患者（特別是照顧極度弱智的病人）。加上，許多患者是單身，隨着年齡愈大，父母都離世，朋友又不多，病人的無力感愈來愈重；同時，因病人要經常複診，找固定工作亦不容易，經濟狀況困難，許多只好依靠綜援過活。以上種種欠佳的情況，令到問題雪上加霜。這些病人面對關照不足的情況，絕非只是交給醫院及社福機構，便可以解決的，如果可以讓病人有良好的家庭照顧，繼而使他們融入社區，則可減低病發的危險；不過，這些都不是單靠目前有限度的定期複診和探訪（例如數個月才一次），可以着手成春的。

照顧精神病患者，目前面對人手和資源非常不足的情況，是吃力的；故此，照顧未能百分之一百適時、貼身和到位，這是可以理解的，但目前的複診、跟進、關注的執行，可以去到多麼盡善盡美呢？如在人手和資源上，未能額外增加配合，會變成空談。不過，以整個社會來說，情況往往是各種社會服務同時爭奪資源和人手，而政府上層也往往只能「盡做啦」！

在人手及資源不足的時候，如果社會有共識，要大力防止嚴重精神病人傷害市民，如今次鑽石山斬人、2021 年 10 月西環的士司機被外籍男刺斃、2022 年 3 月的太古廣場箍頸踩爆頭致死等事件，但是在短期內，政府又真的未能大量增加人手及資源，則只能檢視在目前「百樣爭持」的情況，可以犧牲哪些範疇，然後把額外資源撥入「嚴重精神病患者分流」的特別服務，無論在複診次數、探訪次數、支援服務等等，都加強至「helicopter」水平的監護，但是，公眾又會否接受新的資源調撥呢？

精神病發，未必是突然「彈出」的，之前，如果家人、朋友、醫護、社工等能夠準確觀察，及和病人緊密溝通，或多或少可以預見蛛絲馬跡，例如病者開始出現幻覺、幻聽、自言自語、失眠等徵狀，便要立刻給予他們適當的治療，從而做到防患於未然。

過去，我當主席的時候，見到頗多個案，病人需要藥物治療以外的心靈體康照顧（例如宗教支援、朋友圈、藝術治療等等），才有機會減低突然爆發的反社會行為。我在審議的時候，除了判決留院病人是否要被強制留在醫院、或是留在社區的病人是否要被強制地住在處所、接受藥物治療及監管等等，我會和其他同僚，盡量協助病人其他種種的生活問題：例如如何處理財產、家裏丟

第二章
美事

空多年的善後工作、欠交住宅管理費、申請香港身份證、申請公屋、往外國見愛人、家人之間的摩擦，以至到配置適合度數眼鏡等等，嚴格來說，這些都不是精神健康覆核審裁處的職責，但是，出於關心和愛護，我們的委員都會禮貌地請求相關專業人士在工作以外，可否額外幫忙，把上述瑣碎但又重要的事情，盡量為病人解決。

社會主流仍標籤「精神病」是可怕的，當然，不能否認有暴力或報復傾向的病人可以是可怕的，但是，不宜「一竹篙打沉一船人」，因為這樣，當發生了不幸事件，香港社會只能長期處於「吃瓜」和「被吃瓜」的狀態，我給疑似精神病人報復，便感受到「被吃瓜」的壓力。我希望利用今次鑽石山事件分析現況，希望各界可以「抆起心肝」，改善目前制度和執行的不足之處，鼓勵醫生、護士、社工、病人、家屬 5 方面的真正緊密互動，特別是處理已被送返社區去生活但又曾經是嚴重精神病患的病人，加以「分流」特級關注，強化管護的適時性和多元化，政府亦應該檢討目前未理想情況，設計出「量化」的新目標，這才可避免精神病人在失控下，再度傷害社區市民！

「八二法則」下香港年輕人的「鐘擺力」和「反撞力」

莎士比亞説過：「沒有事情是好或壞，看你怎樣想吧！」

我學樣塗抹：「沒有工作是高或低，看你怎樣做吧！」

中國人傳統思想，叫四民做「士」、「農」、「工」、「商」。現今世代，大學教育已成基本；但滿街大學「士」，不值錢，誰人保證你「豐衣足食」？

青年許龍一在高球亞巡賽奪冠，很了不起，是香港之光，愈來愈多香港年輕人，追趕國際級數！電視台有個節目《大牌筵席》，講及兩個從美國大學畢業的兄弟回港後，甘於接手父母在平民區深水埗的大牌檔，不怕爐火熱、地方「屈屋」，拚命炒好菜，還與時並進，為食檔設計「電腦下單」程式，節目感動人心。最近，有部好電影《窄路微塵》，年輕主角説：「做人，只要咬緊不放，便會捱過！」

對待工作，態度有兩類：第一類叫「搵食格」，第二類叫「鑽研格」。搵食格的人，工作只為了賺錢，每天「求求其其」，還教別人「走精面」。鑽研格的，視工作為學問，從中梳理出智慧。凡第二類人，就算做「粗重」工作，如修理汽車、剪髮、裝修等，都化為一種工作哲學，最終出人頭地。學者張五常把「賣桔」小販的見解，化為經濟學問，1984 年，寫成研究價格理論的文章《賣桔者言》。

看看已故的邵逸夫爵士，1907 年出生的他，少年時，和哥哥邵仁枚帶着一部破舊的無聲放映機，在南洋鄉村巡迴放映黑白舊片，一步一步，建立了世界知名的「邵氏電影王國」。談起工作，他的哲學只有四個字「努力」和「興趣」。他說：「成功之道最重要是努力，對自己的工作感興趣，運氣只是其次。現在青年人，心很高，學問也很深，但是，不能夠吃苦。」

律師的工作，讓我接觸各行各業，結論是「行行出狀元」，每行，有人成功、有人失敗。以前，常說職業有 72 行，今天，根據《香港標準行業分類》，工作類別加起來，有 1,814 種。行行有人開工、有人失業，成敗在於你能否窮則變、變則通，力撐下去。

2019 年，香港社會動盪不安；2020 年至 2022 年，COVID 病毒肆虐，是二次大戰以來，香港最黑暗的 4 年，有人說：「日子不再愛香港，這城市變成了最熟悉的陌生！」但又有人說：「最困難的時候，都不會缺少機會，悵惘，只因為你坐着等待！」

老朋友見面，常話回望人生，錯失萬遍：「早知道應該怎麼怎麼……」我笑：「『有早知，無乞兒』，但可否有人告訴我：明天，有哪些機會 up-and-coming？」

香港青年協會公佈了「青年價值觀指標 2021」，結果：愈來愈多青年認同職業培訓教育比一般教育重要，就算美國的青年，也覺得學位和「搵工」無關係，而覺得創業比打工好的，更升近 50.7%。

生命的哲學裏，永遠有人樂觀、有人悲觀；「有人辭官歸故里，有人漏夜趕科場」；那裏花開了，這裏便花落了。

你有沒有聽過「Pareto Principle」（二八法則）？世事，約僅

第二章
美事

有 20% 的因素，影響 80% 的大局，20% 的叫「關鍵的少數」。社會中，80% 的都是平凡人，態度永遠像鐘擺，「哪裏變壞，便唱壞；哪裏變好，便唱好」。朋友走，他便走；朋友留，他便留；「水滾」，他沖茶、「茶涼」，他「閂檔」。人力資源當中，80% 是「搵食格」，只有 20% 是上進的「鑽研格」。香港社會的動力，要靠這 20%。

北方人常說：「沒事沒事，行行行！」香港人愛說：「邊度跌倒，邊度企翻起身。」我的娘親則話：「大不了重新洗牌，嚟過！」打麻將，一局完了，四人推倒骨牌，擦擦擦，下半場才定生死！

西方，有理論叫「Spiritual Awakening」（靈性覺醒），這方面的工作者 Evelyn 寫道：「覺醒就是『意識拓展的過程』，也有人認為是『當你想要改變生活時』，當你『覺醒』時……你開始探索『你是誰』、『你的靈魂為何』、『你的天賦在哪』……」

我感受到香港的部份年輕人開始 spiritual awakening，他們成為「二八法則」下的關鍵少數，有些不想成為「金錢奴隸」，有些則不肯「躺平」，有些不甘心被命運輾壓；二、三十歲的他們，明白職業再不分貴賤，願意不眠不休，尋找夢想，或安定生計，把過去不快樂，變成動力，不再空談，用生命去實踐。

有些人去了 startup，一個月數千元收入，吃麵包和喝水，又一餐，只想打出一條事業生路。有些去了大灣區，找到科研工作，一天 12 小時躲在實驗室。有些在工廠大廈從事手作業，做皮革小用品、維修樂器。有些進入冷門行業，如通渠、殯儀、古董復修。有些「馬死落地行」，做地盤、搬運。有些承繼家裏的小店，賣魚、賣菜，不再覺得「羞家」。最特別有一個男孩子，天天拍片

放上網做小老師。更不要忘記電影界那些不問報酬的「新血」。香港存款保障委員會調查顯示，大量年輕人「生性」了，加入「儲蓄大軍」，希望給父母多些家用。

這群美哉青年，深懂日子「水浸眼眉」，於是奮發圖強，「補漏趁天晴」。香港的不幸，造就了這批 20% 青年的覺醒，他們回復了本來鬥志，更明白了人生本無 free lunch 的真諦。

世事，存於兩極。一個運行的鐘，力量不會停在中心點；那「鐘擺」，一會兒朝左動，一會兒朝右動，周而復始，來回擺動；生命態度往往是鐘擺，從悲觀到樂觀，從跌倒到站立。而力學中，最厲害的叫「反撞力」，當物件碰撞到東西，它會產生相對的反彈動力。人，遇到挫折，更要加倍努力！年輕人，當「鐘擺力」加上了「反撞力」，一定會為香港的將來，帶出正向的「萬有引力」！

支持年輕人，相信年輕人，多些人放棄既有利益和觀念，伸手協助他們接入「軌道」，讓青春的力量灑滿太平山頂！

公園的梨花落盡，別怕……月又西。

香港人追求「Work-life Balance」，不同的「平衡」見解

　　喜愛疲倦，累死時，睡得特別甜。春蠶吐絲，到死方休。

　　常常問自己：甚麼是「平衡」？「Balance」這個字，是很沒意思的含糊。面對一個難辨輕重、對錯、愛恨的處境，最容易的推諉是：「去尋找一個平衡點吧，那便是答案！」

　　平衡，那般簡單嗎？世間事往往極端，「魚與熊掌」、「非生即死」、「患得患失」；你教我：如何平衡？所以「平衡」這説法，往往變成「走精面」的濫調！有多少人能夠做到「平衡」？倒不如「兩害選其一」？或面對「mountain」及「seashore」，兩個都擁抱吧！

　　我工作太忙時，朋友們勸告：「是時候平衡一下！」到我不問世事，他們又會説：「為何這樣偏側？」生活取決，真的不容易站在「中間線」；左右做人難！

　　近年，流行一個社會名詞，叫「work-life balance」（工作與生活平衡，WLB）。最初探討 WLB 是三位學者：Greenhaus、Collins 及 Shaw；2003 年，他們研究 3 方面：人們在工作和家庭所花的時間、投入工作和家庭的程度，以至從工作及家庭所得出的滿足感。許多人談 WLB，只集中在工作和私人時間的分配，是不對的。

　　我的老律師好友最「嘬核」：「工作開心，生活也要開心：

鬼都懂啦，講就容易，哪會『半斤八両』咁理想？」另一個女律師狂笑：「我的 WLB 便是拒絕責任，我想向老闆要求：『不要給我太多任務！』我想向老公『攤牌』：『家裏打掃、煮飯、超市入貨、阿仔溫習功課、全家訂機票去旅行，請你和我一起「共襄善舉」！』」在座的一位會計師百般無奈：「我的是自己生意，好處是時間自由，早上可以和太太行山，跟着 shopping，黃昏才回公司『搏殺』到晚上；可惜，久而久之，分不清哪些是自己時間？哪些是工作時間？這混沌，失去秩序。」

安靜的醫生也發言：「甚麼是 balance，沒有絕對，因人而異，作息的比例是 5：5、6：4 抑或 7：3？最近 Amazon 減少員工『work from home』的時間，要求他們多回公司上班，增加效率，但被『嘆慣』的員工因為 WLB 而反對！」大機構的經理搖頭：

「我們要當『shift』的工作，幾乎都請不到人，唉，年輕人説當工作不定時，便失去『work-life balance』！」退休老闆不屑：「錢，便是 balance：一分錢，換一分貨，加人工吧！加了人工，甚麼 balances 都有！」太極老師想想：「健康最重要，身體能否應付，才是最終極 balance ！」

我問身邊的青年們，在他們心中，怎樣才是 WLB ？

A 説：「工作最多 9 小時，其他時間完全是我的，不覆 email、WhatsApp、WeChat⋯⋯那便是 work-life balance ！」B 説：

「從大學選科開始，我已嚴選將來的職業類型，那些工時長的，例如會計、醫療、設計等，為何『攞苦嚟辛』？揀了『攞命』行業，卻又投訴沒有 WLB，實在咎由自取！」C 沾沾自喜：「我從來沒有固定工作，全都是兼職（part-timer）、自由工作（freelancer）、短工（freeter）、臨時工（temp）⋯⋯只有我『炒老闆魷魚』，永遠沒有主管敢向我指手畫腳，沒有老闆的工作便是 WLB！」

眾人愈談愈興奮。D 說：「是否 balance，在乎是否甘心？如果公司是有理想的、有 social responsibility 的，賣命也值得！」

是故，她在一家平安鐘公司工作，薪金不高，但幫到老人家，非常有意義，辛苦也值得，那便是她的 WLB！

現時環境困難，要重振香港聲威，便需要驅使年輕人「追夢」，但追尋的，不該是「休閒養生」，而是發奮之路！所謂的 work-life balance，應該是人生整體「埋單計數」，不同階段的人生，追求 work 或 life 的不同重點，才是好的 balance！否則，白了少年頭，空悲切，年輕人在 20 至 50 歲，當然要以工作成就為重，過了 50 歲，才安排享受的大計吧；否則，唸完書出來工作，便大談 WLB，只是給自己藉口不去「搏到盡」，結果蹉跎歲月，「兩頭唔到岸」。身上披上美麗的 work-life balance 翅膀，雖然自我感覺良好，但當大風吹來，羽毀鳥亡，生活原來是幻象……

　　年輕人，要他們以事業為重，當然，是痛苦的，大多數人不愛辛勞，只愛 enjoy life，但是，當定出人生先後的時候，要問自己：「What I cannot afford to lose？」如你追求收入，就算工時多長的職業，也得接受；也許，這應該算是另類「work-life balance」！那 WLB 便是「鬼叫你窮，頂硬上」！

　　人類歷史中，最重要的一環便是思考生存的意義；存在主義說：「世界是荒誕的，人生是痛苦的，生活是無意義的。」故此，我們只是存在着，僅此而已。來吧，面對工作，要生便生，要死便死；要勤力便勤力，要玩便玩，「煮到埋嚟便食」，何必一面工作，一面計算自己的狀態是否處於 WLB 呢？是否「蝕底」？這樣的天天陷入 balance 的「桎梏」，才是最大的「失衡」！

　　以前的香港人，只能「死做、爛做」，社會富裕了，大家多

了選擇：work 或 life，孰重？當然，今天的人生，有選擇當然比沒有選擇好，但是，別讓 work-life balance 成為現代人的託辭；只要從辛勞的工作中，找到成就感，就算沒有「balance」，又怎樣？反之，趁年輕時，有氣有力，全年無休，到了年紀大，來個提早退休，全力享受人生，也是一種很好的「生命分階段」work-life balance 呀！

人生，得的背面是失，但失的背面未必是得；這遊戲，早便看透。每天早上起來，感受到陽光和空氣，快樂便跑出來；管它鏡裏因工作過勞的熊貓眼，傻傻的，我卻欣然自樂！

我和名牌的戀愛與分手

如何穿衣服，是一種溝通藝術，但當太多名牌掛在身，你便把溝通之門關上，只是告訴別人你是某牌子的「死侍」。

據說，奢侈品牌 Chanel 的創辦人香奈兒說過：「你可以穿不起 Chanel，但是，永遠別忘了那件叫『自我』的衣服。」真正的美，在於心靈和腦袋。名牌，特別是手袋和手錶，往往把美麗的定義扭曲，這些美麗要「拉鋸」回來。

另一邊廂，人的內涵有多少，外人不是可以立刻辨別出來，反之，現代人，特別是香港這商業社會，往往先看人的外表，所以有句話叫「人靠衣裝，佛靠金裝」。

有一個女性朋友，是真心的喜歡名牌，她說：「名牌手袋，質地非常好，設計精美！」她的晚裝，超過十萬元一件。我語重心長：「不如學歌星鄭秀文，穿 H&M 晚裝也一樣好看！剩下的錢，捐給慈善團體。」她眨眨眼：「你怎知道我沒有捐呢？」

有一個富貴婆婆走了。在生，她愛穿名牌衣服，死前，把衣服送走了；走後，家人發覺她把衣服一件件地拍了照片，輯為十多本相簿。都寫着：依依不捨、捨後依依。

小時候，60 年代，香港已有在中環開店的連卡佛、龍子行、尖沙咀的瑞興百貨、油麻地的占飛百貨，它們專賣外國名牌，但都不是今天品牌如 LV、Dior、Chanel、Gucci 等，而是另一批已給人忘懷的英國老牌子，例如 Pringle、Wolsey、Daks 等。媽媽

只看不買，她説：「這些『鬼佬嘢』是『住洋樓、養番狗』的有錢佬買的！」她心目中的名牌，是雙妹嘜花露水、梁蘇記雨傘、「張活海」（張國榮的爸爸）洋服⋯⋯那些日子，香港的口號是「香港人用香港貨」，而爸爸想擁有一隻帝舵錶（Tudor），那已是他的dream watch。

那些年，法國名牌還沒有來香港成立「專門店」；貴價鐘錶則放在一些「代理商」售賣，例如東方表行、英皇鐘錶等，名牌衣服手袋便「東一件、西一件」放在高級百貨店的櫃檯（例如「香港名牌時裝女王」Joyce Ma 在 70 年代初，設立 Diamond 7 專櫃於上環永安百貨，接着，她的時裝零售店 JOYCE Boutique 在中環 Mandarin Oriental 酒店開業，代理歐洲名牌）。噢，還有一些名牌雜品店，例如已消失的「芳婷 Fontane」，仍在的「詩韻 The Swank」。

香港能夠引入名牌專門店，和中環置地廣場（The Landmark）有關，在 80 年代初期，廣場落成，當時，它是亞洲區最高貴的 shopping mall。那時，香港的經濟迅速起飛，於是，世界的各大名牌樂意在香港「落腳」，慢慢地，中環變成名牌如 Hermes、Cartier、Burberry 等大展拳腳的中心點。

名牌時裝代理不好做：當牌子未紅時，得花錢做宣傳「谷紅」它，但當銷售理想時，名牌多終止代理合約，自立門戶，Boss、Prada 原本是 Joyce Boutique 代理的，後來，總公司便直接經營，正所謂：「仔大仔世界」！

當律師的初年，賺到點錢，也不懂投資，於是，週週買名牌，現在，因體型「發水」，都丟掉了。那年代的名牌，沒有鋪天蓋

地的宣傳，更沒有使用明星搞 event「炫富」；而是安靜的、高貴的，不耍半點手段，以明碼實價，等候知音人來欣賞。「低調」便是華麗，穿了，別人看不出是哪個牌子，才是最高境界。過去，名牌店沒有給國際大財團收購，是傳統家族式經營，注重修養和品味，充滿禮貌的傲氣；更重要的，是當年的名牌，沒有花大量的費用在宣傳推廣，因此，在 80 年代的名牌，以當時生活標準來說，是一般中產可以買得起的；特別是手錶，沒有今天「開天殺價」的霸氣！

近十年，我已看穿物質之虛幻，好便好，不好便不好，值不值得，我心中有一把尺，不會給「虛榮」或「疼愛自己」搞亂而枉花錢！每一個人的美，在於他或她的智慧、人格和氣質。

有朋友以為我還和名牌有交情，問我有沒有入場券去甚麼發佈會。我笑：「當我去到會場，門口的 PR 一定會說：『大叔，搬運的請由後門出入！』我會反詰：『不要自卑，請問你最近看了哪本書？』」

和朋友們去外國，一起逛名店。兩個多小時，大開眼界：首先，要在門口排隊，才能入內，還要等店員有空，才會過來服務（這些店員，已不是售貨員那般簡單，是「心理專家」）。我等得太累，參觀了他們如藝術廊的私人廁所。店內展示的東西都沒有標價，限量版的名牌手袋，更多是躲藏起來。店員走過來，先禮貌地「摸底」：試探朋友是否他們的現有客戶？在哪個城市購買？曾經「幫襯」了多少？然後，再觀察她今天會否「識做」，購入其他貨物；到最後，才「開盤」，他手頭上有甚麼手袋會賣給她的。另一位好友有興趣「搭單」，想買同一款手袋；店員說：「Sorry！目前

只有一個！」

當朋友大破慳囊後，店員再施展一招叫「放長線，釣大魚」，他問：「你會逗留多久？會否再來？我可能有另外一個款式的手袋，給你看看！」他們最後的一招叫「waiting list」（等候名單），讓顧客乖乖的等候數月或數年，然後，在過程中，再看你會花多少錢？

我懷念 80 年代名牌店那老老實實、優雅誠懇的服務態度。今天，這些店已經給大財團收購，精於耍營銷手段，甚麼 VIP 優惠、「忠誠計劃」（loyalty program）、「限量版升值保證」、「私人訂購」、「大客留貨」等等，都是「扭花臣」，捕捉買家的心理，一步步，令大家跌入精心策劃的心理遊戲當中。

精神生活，永遠比物質生活重要，比起那些名牌，更加有價值的是你；你的一言一語、一顰一笑，都是美的資產。

名牌可以有，但不能沉迷，我曾經遊園了一陣子，但心態已變了，「睇咗當買咗」，像打了預防針，終生免疫……

名牌在我心，或把自己變成名牌，不是很好嗎？

生日笑忘章——「敢觸」感觸，傷感還是高興

　　藝術家說：「我追求痛苦的體驗。」我笑：「對你來說，痛苦便是快樂！」

　　佛教說：世間是凡夫的生死流轉，眾生的生命，無常生滅，猶不自覺，許多人還天天自以為是，故為「苦」。苦海，是生命的事實。

　　因此，我們追求快樂，其實，只是苦中作樂。生活中，如何探求「快樂」呢？

　　有兩派人，有人說：「隨遇而安，平淡就是快樂！」另一派人說：「韶華苦短，死前，要找到人生意義，便是快樂！」我是後者。

　　每年的生日，是上天的提醒：「你快樂嗎？生命有意義？」每次的生日，它向我發出「警示」，又多活了一年，死亡近矣。聖人孔子笑說：「未知生，焉知死？」世界名著《Tuesdays with Morrie》（《相約星期二》）卻道：「只有認識死亡，才認識生命！」

　　年紀愈大，日子過得愈快，原來隨着年齡，我們腦袋儲存影像的能力便會下降，由於記得的東西少了，便會覺得沒有甚麼事情發生過，又虛度一年！

　　小時候，生日慶祝都是學校和媽媽安排。幼稚園老師送上鮮艷「唧花」的奶油蛋糕，她比我們還興奮：「這個月是誰、誰、誰的生日，來！一起唱生日歌！」回到家裏，媽媽給我兩隻會「甩色」的紅雞蛋，到了晚飯時，還添了半隻白切雞。每次生日我都許願：

「天呀！讓我快些長大，可以自由自主！」

　　成長了，卻發覺生日原來要花錢慶祝的。前輩説：「人際關係很重要，你要寫下朋友的生日日期，到了那天，打電話祝賀，禮貌一番。」我懶得這樣做，因為，怕自己的生日日期，記在別人的記事簿裏，令他們增添麻煩。別人問我何時生日，我答：「2月31日！」

　　曾經有一段日子，數十位經常往來的朋友，互相慶祝生日，於是，每逢週末，紛紛揚揚，疲於赴會，當主角把蠟燭吹熄和許願後，總會把禮物逐一拆開，不識趣的還公開品評一番，如果有些禮物「質量」不足，會叫人「尷尬」；但是，怎可用價錢高低作比較，糟蹋了友誼！

　　回想起，不知道從哪時開始流行 Hallmark 的生日卡，售價並不便宜，大多數會寫上「Happy Birthday」或英語幽默字句，同學和朋友會「集體」簽名送上，有些則 DIY，把美勞課用的彩紙，變成一張別具意義的「賀禮」。我總把存起的生日卡重複翻閱，物輕情意重，念記；可惜，今天，很少人會送上生日卡，我們多收到手機短訊，然後，都刪掉了……

　　我最羨慕著名時裝設計師鄧達智的能耐，他交遊廣闊，從 3 月到 7 月，都有生日宴。我笑説：「我的天，怎麼吃得下？」他拍拍肚子，驕傲地睞了一眼。

　　慶祝生日的方法，便是眾生相。最常見的是 surprise party 或 surprise 蛋糕，用意是給「壽星」驚喜。影星黃曉明送給當時的女友 Angelababy，是一台名車；曾有富豪在紐約時代廣場登廣告對「壽星女友」表示賀意。今天，還有人大排筵席擺壽宴的。我自覺

生命苦短，要花三、四小時集體吃喝，可免則免。

難忘記的，是在 60 年代，商業電台有一個點唱節目，叫《一曲寄心聲》，主持人聲音優雅，叫黃杏華，當時，有大量聽眾寫信去祝賀親友生日，但是，電台限制賀詞字數，一般都是 XXX 祝 YYY「福如東海，壽比南山」，然後，播放中式生日歌「恭祝你福壽與天齊，慶賀你生辰快樂……」。

我最奢華的一次生日 party，是在 80 年代，好朋友們飛去馬尼拉，在建於 1912 年的 Manila Hotel 住宿一個晚上，為我慶祝生日，大文豪海明威也住過那裏。扒房的廚師走出來，問我們喜歡吃甚麼，他樂意「即叫即煮」；也許，那是第一代的「omakase」。回想起來，只覺得不安，如在今天，我會把這筆花費捐贈出去，做點善事，生日的意義更大。

有一年的生日最難忘：在生日派對中途，突然收到一個工作電話，要我趕去警署，協助一個客人保釋，於是，留下朋友開心下去，我卻「落雨收柴」，「飛的」往觀塘。

演藝圈有位朋友，每年的生日便舉辦大型慈善齋宴，場面沸沸揚揚。而我，現在已不會慶祝生日；還是名媛 Paris Hilton 説得好：「把生命的每一天看作『生日』來慶祝吧！」當每天累死，尚可以把軀體完完整整地送回家中，已賺到了精彩的一天！

生日的意義對你是甚麼？只是日子的計算？還是讓你記得那月、那天出生？它是否又提醒了你，一年又過去，別浪費青春？或是否告訴你：「朋友，你又老了一年！」還是，它只是大吃大喝、收取禮物的日子？

我認為最佳慶祝生日的方法是找個地方安靜下來，望着遠方，

思考一番：以後的人生如何走下去？往後的日子，如何「為己為人」做點好事？

　　香港已經有太多人在晚上醉生夢死，不需要另一個生日派對來製造另一場本該寂寥的喧譁⋯⋯願望生日那天：知足、清閒、沒煩事。

香港能否成為亞洲「中外 Fusion」英語對白電影的基地

香港是鋼琴、內地是弦樂、歐洲是木管樂、北美是銅管樂、亞洲是敲擊樂；香港為軸，響起協奏曲，已一百多年。

我的少年時，香港只有「唐餐」和「西餐」，本地常見有五大類：粵菜、潮州菜、客家菜、上海菜和北京菜。當然，還有本地「冰室」及「大牌檔」的中西合璧美食：紅豆冰、菠蘿包、西多士等。

在 60、70 年代的香港，西餐鮮有意大利、法國菜或美式 burgers；正宗西餐廳多在尖沙咀和中環一帶的星級酒店內，叫作「扒房」（Grill Room），或更高級的稱為「Fine Dining」，如半島酒店的法國餐廳 Gaddi's；那年代，去這些地方品酒和「鋸扒」是一件很隆重的事情，要穿西裝的。還記得凱悅酒店的 Hugo's 嗎？

英國人多在「會所」（club）交際，我 80 年代當律師時，中環有很多英式會所；我和行家站着「吹水」一小時，累死。除了酒吧，會所內吃飯的地方叫作「扒房」，是吃肉類和海產的高貴餐廳。廚師不拘泥於那國的烹調風格，有燒春雞、煎牛扒、地中海青口，叫「entrée」。

家裏常去的，是盧押道實惠的「波士頓餐廳」（Boston Restaurant），嘩！羅宋湯、牛油甜包、火焰牛柳，外國人取笑這

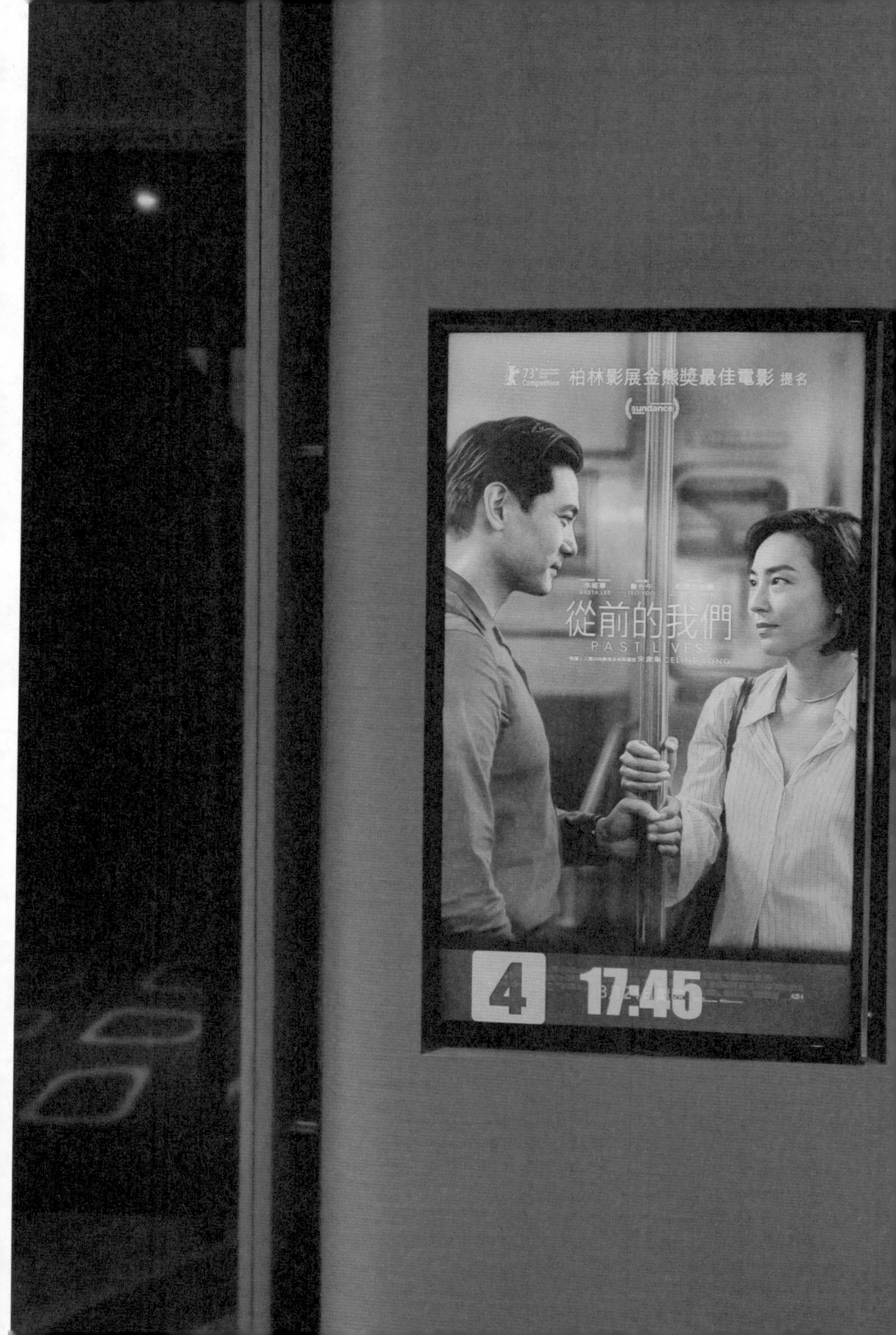

柏林影展金熊獎最佳電影 提名
sundance
從前的我們
PAST LIVES
4
17:45

CREATING
MODERN
TRADITION

藝文傳承 就在西

YAU MA TEI 油麻地

JORDAN 佐敦

WEST KOWLOON
CULTURAL DISTRICT
西九文化區

些是「豉油西餐」，不入流。同級的「太平館」、「紅寶石」等，鬼佬聽到都「嘴藐藐」。

90 年代往後，世界各地的人往來多了，狹隘的民族主義改善了，於是，出現了「fusion gourmet」（混融菜），各民族的煮食文化共冶一爐，新品種美食層出不窮，如 kimchi pizza、黑松露蛋炒飯⋯⋯喜歡便愛死，不喜歡便嚇死。

最近，電影也 fusion 起來！Mamma Mia ！

過往數十年的，所謂「合作電影」，多是一方主導，然後找些外國演員、導演參與，「意思、意思」一番；如 1999 年陳可辛導演的《The Love Letter》（《情書》）、周潤發主演的《Anna and the King》（《安娜與國王》），都是美國投資和策劃，而港人協助製作。

過往，香港電影是非常「港式」，具獨有風格。在 2004 年，香港與內地簽署《CEPA》安排，出現了大量中港「合拍片」，這些電影對香港人來說，都失去了「港味」，不合口胃。近年，港產片「故園舊夢」一番，年輕導演再拍一些香港人會感動的社會話題電影，例如《窄路微塵》、《正義迴廊》、《過時過節》、《緣路山旮旯》⋯⋯孩子是自家的好，我們當然愛「港味」，迴盪依然。

在荷里活呢？也起了變化，想是 American Asians（美籍亞裔人）愈來愈多，產生了 cultural awakening（文化自醒）。

在 2018 年，美國出現一部以美籍華人（ABC，American-born Chinese）為本位的電影，叫《Crazy Rich Asians》（《我的超豪男友》），故事講述 ABC 女教師結識新加坡籍男友，隨他回鄉，才發現他生於名門富豪之家，於是，他們被家庭價值觀困擾，

這部「灰姑娘」的影片在全世界大賣，打破了「西片」不能以黃皮膚掛帥的傳統觀念，證明了荷里活電影，也可以由亞裔人擔任主角和全程講英語，更顯示荷里活電影可以用亞洲人的價值觀來說故事。

第二部「美國製造、亞洲主導」的電影厲害了，《Everything Everywhere All at Once》（《奇異女俠玩救宇宙》），它在 Oscar Awards 橫掃七大獎項，包括最佳電影、最佳導演關家永、最佳女主角楊紫瓊、最佳男配角關繼威。作家卓娉婷說得好：「電影打出『亞裔牌』，標榜其主創、故事及受眾的亞裔人背景，並以此為契機，強調亞裔在荷里活電影工業的重要價值和愈來愈強的存在感。」故事是關於一個中國人家庭，如何在美式生活中克服種種

困難。

有了以上成功「西片亞風」的電影，誰再敢說美式亞洲電影不賣座？市場反應，就是主宰生命的上帝。

最近，我在外國都看了兩部荷里活「西片亞風」的 fusion 電影，更加支持了我的見解：香港在未來是最有實力拍攝「港片亞風」電影！

第一部叫《Joy Ride》（《尋根女團》），第二部叫《Past Lives》（《之前的我們》）。

《Joy Ride》是一部喜劇，4 個在美國長大的華裔和韓裔女郎，回中國內地探親辦事，引發一連串愛情故事，電影有點像黃皮膚的《Sex and the City》（《色慾都市》）。全片英語對白為主，說的是這些「ABC」面對種族、家庭、愛情、語言等眾多衝擊，不知如何抉擇。特別之處是電影又中又西，在中國取景後，便往美國繼續攝製，最特別的是整部電影好像「錯配」，一面看，一面問：不是應該由白種人演的嗎？哎，怎麼中國人會作出這種色慾事情（其實他們只是 ABC）？眼前的電影，好像一大盤 fusion food，新鮮、好玩。

另一部《Past Lives》是美籍韓裔人執導的：Nora 和 Hae Sung 是兩小無猜的密友，Nora 移民後，兩人沒有「斷捨離」；但是，兩地遙距，怎可面對？Nora 在美國結婚，落地生根；24 年後，Hae Sung 決定飛去紐約見 Nora 一面，重拾愛意；電影浪漫，載滿淡淡悲痛。全片，以英語為主，同樣地，一面看，一面問：電影怎會是一部亞洲人演美國電影？感覺太 fusion 了，好像在 KFC 吃韓式醃菜炸雞！到底這部電影是美國人在表達亞洲的情

感？還是亞洲人學習美國人的情懷？最精警的是老外老公對 Nora 説：「你説的是英語，但是，做夢也是韓文的！」

自從 90 年代，全球開始 globalization 一體化後，fusion 成為大趨勢：吃的、穿的、音樂的、旅遊的、語言的、婚姻的、社會和經濟結構的、文化價值的，愈來愈「炒埋一碟」……很多人同時擁有數本 passports。你問小朋友是哪個國籍，許多已經答不出來。我問過一個小女孩，她説：「我樣子像中國人，媽媽是日本人，但講的是美式英語，不過，爸爸説：『我們是新加坡人！』」我笑：「Sweetheart，你是地球人呀！」當然，我還用自己驕傲的港腔英語説出來的。

香港這城市，百多年來「中西並融」，中央看重這點，希望我們成為「中外文化交流中心」；大多數香港人的中文、英文都同樣優秀，深明中國人和外國的事情，在外國唸小、中和大學的、三代不同堂的而分散至四、五個國家的、因工作飛行而張開眼睛不知身在何處的，人數車載斗量。

70、80、90 年代香港電影業興盛，只是因為其他亞洲地方沒有趕上來，當別人追上後，我們的電影業便要面對市場萎縮的痛苦。

今天，香港最大的問題是人口只有 700 萬，非常細小，而且，高齡化和低生育率，引致勞動力一天比一天減少。故此，未來創意人才的數目只會更捉襟見肘，幸好，政府開始正視這問題，對於「搶外來人才」，日益持開放態度；真的，希望香港有一日「有容乃大，海納百川」，內地和全亞洲的創意人才，都大量來香港工作，那麼，香港出產這些中外「fusion 文化」電影，真的並非

好高騖遠的空想。

近月，香港人才短缺，政府終於決定從各地引入專才，當然，人才愈多，競爭愈大，但是，香港整體「創外需」的能力卻增強了。當市場大了，我深信「本地人」的機會只會更多。

我不是説這些亞洲人「講英文」的電影是「大路」，但是，在本地電影業的蕭條情況下，這絕對是另一條「血路」。我的外國朋友説：他們喜歡香港的美食，因為我們有全世界最多的「fusion」styles！易言之，既然電影開始有這個趨勢，為何中外皆精的香港人，不可以作為 prime movers（原動機）去試試這新方向？第一部「fusion 電影」應該找當年爆紅的三位 ABC 去主演，電影不再叫「美少年之戀」，而是「美中年之戀」，他們三位是吳彥祖、尹子維、馮德倫（只是開玩笑）！但是，找説英語的港姐謝嘉怡和《全民造星》冠軍 Lyman 當男女主角，則絕無問題！

夢想容易，但是，最大難題是誰來埋單？香港，最難找到相信文化、藝術、創意的大老闆！唉！

所有成功，是嘗試出來的，個人理想，更需要實踐，香港這城市走了一百年，已到「樽頸」位置，需要作出新嘗試，如科技、文化，帶動新生機會。嘗試，就算失敗，也讓香港人的成長有所增進。

失敗，轟轟烈烈，總比死得「不明不白」好！我才不要無色、無味、無臭的人生！你呢？

所謂「香港人」，代表的身份和心態

　　情歸何處？管香港纏綿夜雨，我仍然喜歡這城市那信手拈來的舒服。

　　過去，追不回，回想起來，只有苦笑。明天，你我都不知道是康莊大道或崎嶇小徑，有些人害怕，停頓下來；有些人面對茫然，繼續往前，憑的，是一份信念。

　　80 年代顧嘉煇作曲、鄭國江填詞的一首名曲叫《東方之珠》，它說得好：「念舊日，信念何頑強……若以此小島終身作避世鄉，群力願群策，東方之珠，更亮更光。」

　　香港經過百多年的經濟發展，積累了大量盈餘老本；這小島面積小，只有 1,114 平方公里；人口也少，只有約 730 萬，屬「微型」經濟，上向和下落速度快，國際打個噴嚏，香港便發冷；內地做熱身，這城市就血氣運行。香港總會碰到種種問題，但是，未來，「好，好不了多高」、「差，也差不了多低」，這就是香港細小的好處。只要香港人不要自大、不要懶惰，憑着「明天會更好」的信念，增強對香港的歸屬感，今天，只是下一場精彩比賽的起跑線。

　　小時候的香港，人口結構簡單，可歸納為三大類人：內地來的（他們持的身份文件叫做「CI」：Certificate of Identity 身份證明書）、英國人（他們持有英國護照）、本地出生的居民（享有香港護照）。我們土生土長，常覺得自己才是香港人。

現今時代，「一體化」把世界變了「地球村」，各地對於居留（stay）、居民（residentship）、國籍（nationality）等法規，五花八門，「搞到你頭都暈」。誰夠膽說自己是真正香港人？

概略來說，香港市內停留的人，有以下 5 種概念：

① visa-exempt stay（免簽證逗留：如旅客。）

② visa stay（要簽證才可逗留；有 6 種：旅遊、探親、商務、培訓、學生及工作。）

③ unconditional stay（無條件限制逗留的居民：當你停留了一段日子，不用每次簽證，政府讓你留下來工作生活，但是，未必申請到永久居民身份；例如有些人通過投資計劃長期往來香港，卻沒法證明在這裏住滿 7 年，就是這身份。）

④ permanent residentship（永久居民身份：你拿了這身份後，可以享有基本權利和福利，但不是全面的，例如永久居民在外國，未必等同是中國公民，享有「領事保護的國民權利」。）

⑤ nationality（國籍：它是在一個國家中，國民（或有些地方叫「公民」）所擁有的資格及地位；當然，「有辣有不辣」，打仗的時候，往往徵召國民上戰場。有些國家，容許國民擁有另一國家的國籍；但是，中國絕對不容許「雙重國籍」。）

以上種種，觸及一個人居留的官方法例安排；不過，在香港民事法中，例如離婚、繼承等安排，往往涉及另外一個概念，叫「domicile」（居籍）：它的大概意思是不管一個人戴了甚麼居民或國籍的「襟章」，但到了例如分配他死後財產的安排時，法律便要找出此人原來的「居籍」身份，當法院找出了他的「居籍地」後，便會應用此地的法律來分配遺產。例如一個人去世的前兩年，

住在香港，雖然他拿的是多明尼加護照，卻從來沒有住過這地方，反之，從出生到長大，都是在日本生活，那麼，他的 domicile，應該是日本，它是和他最有關連的居住地方；我覺得「domicile」這概念把法律複雜化。

香港，是人口大熔爐，這裏，各路英雄匯聚，我們會聽到華人說廣東話、普通話、英語和其他地方語言；那麼，心態上，居住在香港的「黃皮膚」又是甚麼人？我昨天才在餐廳聽到兩位華人用法文溝通。和不熟絡的朋友交談，不要隨便說我們「香港人」呢⋯⋯

頗多本地人，以香港為傲，自稱「香港人」，有些更把「愛國愛港」，掛在嘴邊。

有些朋友從亞洲其他地方移居過來，他們只會說：「我只是一個外籍華人！」

有些香港人，被公司長期派到亞洲不同地方工作和居住。我有一個朋友，他一家人住過泰國、內地、日本，現時在菲律賓工作，你問他覺得自己是甚麼人？他蹙眉：「亞洲人！」

我的親友，二十多年前，已在大灣區購置房子，他們在香港和珠江河畔兩地往來居住，擁有「兩頭家」，他們笑說：「我是甚麼人？『大灣區』人囉！」

有一批，仍然叫自己「華僑」。我認識一家人本是馬來西亞華僑，60 年代遷往內地；80 年代，全家移居香港。但是，他們的心仍在馬來西亞，在那處，還有祖屋呢，問他們是誰，輕柔地回答：「自己仍然是居港『華僑』吧！」

也許，「久住令人賤，頻來親也疏」，又有些朋友，就像一

第二章
美事

隻鳥，永遠不想停留在一個地方，喜歡全世界工作和居住，他們有些是國際酒店集團和投資工作的高層，早已習慣這種生活；我有另一位朋友，數十年了，中東、東歐、泰國……不停地換地方，鐘不敲不鳴！這些人，最具國際視野。我問他是甚麼人，他失笑：「全家都是 global citizens ！」

最後，有一群「非華裔」香港人，例如本地出生的南亞朋友，他們懂中文、講廣東話、拿特區護照，他們問：「我是中國人嗎？」

Passports，可以是非常不誠實的東西，最誠實的，是每個人的命運和內心的追求。

花言巧語的人，口說「愛香港」，但是，全家老老少少，早已在外國「打躉」，香港的房子，等同「道具屋」，一切一切，只為可以「指點江山」。在政治圈子，不難碰見這等人。

香港的過去、今天、將來，生存之道便是要做好一個國際大都會；「一國兩制」的概念，也是讓「Hong Kong」這金漆招牌維持這景況；故此，政府的思想必須開放，而香港人應該要比政府更思想開放，不應自我束縛，定義自己：要放眼世界、追上世界，否則，香港只是中國的一個普通大城市。

你看，光是談有多少種香港人的身份和心態，已經那般多元和複雜；故此，在我們這城市，當遇到不同背景的「香港朋友」，要尊重和理解，別人對未來世界以至前景的想法，和我們不一樣，是正常的；「同枱食飯，各自修行」，路路養生路；因而，碰到事情，採取「一刀切」的解決方法，或只存「單軌道」的聲音，往往是行不通的。

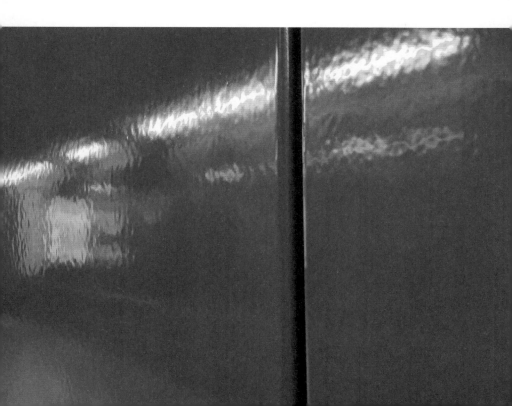

四海為家，家在四海：我理想的6個「候鳥巢」城市

世事，如風，無往不復；人，如鳥，只要有一對翼，得飛、活下去。

有一天，可斬斷忙碌，飛往四海為家。

老媽常說：「錢，放滿兩個褲袋便算，夠用就好！」她卻有四個口袋，最喜歡花錢。

我的褲子只有一個口袋，夠用，便甘心。年輕時，我活在一條法律跑道，要和別的律師比拼，聘用三個、四個、五個……十個律師；有一天，要有50個律師！說穿了，要填滿的，不是口袋，是虛榮。唏，虛榮誤了數十年……

今天慶幸，轉了跑道：文化藝術的人，不少生活「繃繃緊」，朋友笑：「你搵不到食！」我反問：「你留在中環，搵到食嗎？」夢想無限，財富設限；誰跟誰，不必比較。律師的跑道，是民航客機升降的；藝術文化的跑道，叫「停機坪」；我的，還要是萊特兄弟型號直升機。

面對歲月，總有太多太多說不出口的惆悵，時光，一下子把青春掃落枱底。人，過了50歲，還以舊方式活下去，是大笨蛋。生命不息，營役有止，餘下的日子，一半都沒有，還不換些新鮮的空氣？時止則止。閱報，看到80歲的人還出現名利場拉拉扯扯，說白了，最大的悲涼，便是誤會別人喜歡自己。

　　如今，我想飛，唱着歌曲《Free as the Wind》；像候鳥，管它東西南北，哪裏氣候宜人、有一寸留人處，便好好過冬，生命的冬；「冬至大過年」般高興。

　　負擔得來，就任性吧；這年紀，任性，可以氣死誰？從頭來過，學嬌生慣養，我行我素。我夢想「四海為家，家在四海」，四海為家，是心裏的主觀，家在四海，卻是財政的現實。反對我這「四海為家」想法的人，是關心的朋友。他們問：「不會累嗎？」

　　怎會累？我有個朋友，退休後和太太打算在倫敦租房子一年，為的是盡情享受這城市的藝術。我心存嫉妒，想：「倫敦，天空是黑的、牆壁是灰的、地上的雪是白的，看你們如何和火爐糾纏下去？」結果，他們在倫敦住了兩年，嚇得我下巴掉下來。

老爸説:「心靜自然涼。」陶淵明説:「心遠地自偏。」Vincent van Gogh 説:「There is peace even in the storm。」好答案。香港,太多人怕寂寞,每天招呼賓客,戶限為穿。我,大門太小,偏門剛好夠自己出入,別人不要來,自己一個人開心地走進了心扉。在社會行走數十年,電話簿,都十多本,夠了,太多煩人,「煩過何非凡」,你不惹人,他們會惹上門!是時候要遠離。

一年有 12 個月,寬面遷徙、窄面緊放。我要住在 6 個海外鳥巢:巴黎、溫哥華、青島、台北、東京、曼谷,每處地方租住 Airbnb 兩個月;有空,便回香港,到銀行辦手續、追追租客交租、找部門處理小嗌嚷。生活像有趣的「ojisan」大叔,但那多踏實……

在外國做「候鳥」,「巢」要小,一房一廳便有餘,提供傢具、電視、洗衣機和煮食碗碟,加上一個行李箱的細軟,足夠兩個月使用。

全世界的年輕人,有「工作假期 Working Holiday」計劃,參加了後,可以在外國一邊打工,一邊度假。為甚麼不成立一個退休人士的「假期工作 Holiday Working」計劃?讓樂頤一族可以在異地享樂之餘,有機會感受一下 part-time 的樂趣。我半輩子的律師生涯,都如臨大敵,天天穿西裝打領帶;人困馬乏。不如重新做人,嘗試角色轉移,擔當超市收銀、包裝、披薩店捧餐,還必須學四句外語:「謝謝」、「對不起」、「多少錢」及「我愛你」。人,本來無分貴賤,只不過上天調換了你我身份,從此,大家改變了命運。

有些人視香港為 office、為 hotel、為跳板，甚至出巡行宮；今天的人，對香港都愛恨分明，我恨只恨別離；香港，永遠是我的家，奈何生命太短促，短離香港，可多看世界，感受不一樣的生活。好友點點頭：「也是，未來世代，彼此應該做地球人，少做事，多遊樂！」但不管飛到哪裏多遠，香港，仍是老家。

　　喜歡巴黎，只因為她的藝術、麵包店和街市；這迷人之都，腿斷也逛不厭，2,000 年的歷史，吸入的每一口氣，也是往事。喜歡溫哥華，因為她的高山、海洋和森林，飽滿的芬多精；還有唐人城 Richmond，香港禮失便求諸野；這城市的微風露雨，是上蒼的恩澤。喜歡青島，因為她是個沙灘城市，第一海浴場，灘平浪少，建於 1901 年；而且，青島的人，特別好看，山東名菜，在香港很難吃到。她曾是德國和日本的殖民地，櫻花處處，來，在樹下喝一杯啤酒。喜歡台北，因為那裏有生活文化，到書店感受書香，到處聊聊天，喝喝茶；到陽明山的溫泉泡泡腳，讓硫磺把悲傷帶走。此地，人和人的距離，總有一份溫暖的空間感。

　　愛上東京，因為我鍾意 window shopping，只看不買，這城市的人很禮貌，沒有給我白眼；加上，東京人愛 passing fancy，店舖東西週週換新款，趕時髦，便是這城市的可愛脈搏。我是一個完美主義者，在東京，人們都是我的同類。愛上曼谷，因為吃喝玩樂的享受，信手拈來，按摩更便宜，用合理的價錢，換來「大爺」的生活。這城市太可愛，做甚麼事情，都 easy、easy，做了壞事，趕去佛寺拜拜，也重新做人。包容，是我們要向泰國人學習的。Sawadee Krub ！

　　走了的婆婆常說：「在家千日好，出外半朝難。」她又說：「龍

床不及狗竇。」所以，她拒絕坐飛機遠遊。但是，我們這輩人，最喜愛在外面酒店睡覺，陌生，反而帶來溫馨安全感；我的「毒男」友人很壞，說：「陌生女人更好！」大家離開香港到外面度假，那壓力的皮層也立刻換掉。

世界上共有二百多個國家和地區，普通人去不到十分之一；輕舟，已過了萬重山，你還有多少日子呢？可以讓你看看走走？

我的過去日子，如廚房多年的油漬：在外地小住是蘇打粉，

寂「療」是熱水，兩者混起來，擦擦擦，把油漬抹走，心境多靜淨。
世界亂了，築個巴黎、溫哥華、青島、台北、東京、曼谷的候鳥巢，
躲起來。鳥倦，便知還數月；香港，像雨傘的大樹、靈魂的避難
所⋯⋯

　　飛走，換換環境，通過寂寞療癒，只因人們的生活太熱鬧；
目前我仍停不了，望着天，必有所累，夢想和我一起愣怔⋯⋯

分享搞話劇的領悟

事情做好後，我沒有太興奮，只慶幸：又上了一課！我們沒有拿政府資助，卻可以完成夢想，又做了善事，謝「主」隆恩！

做娛樂事業，可以「理性思維」，因為那是一盤生意，吸引觀眾便是了。故此，娛樂人會問：「組成『MIRROR』男子隊，會賺到錢嗎？」但是，藝術人卻會問：「組成『MIRROR』，有何意義？」

做藝術項目，蝕本是常見的，因為「媚俗」不是本意，為了心靈追求、思想表達，有心人願意焚身以火；所以，張可堅、方力申和我花了接近兩年的籌備功夫，搞了話劇《相約星期二》（Tuesdays with Morrie），我們希望觀眾：從死亡了解生存的意義、從不快樂明白快樂的真諦。演了 12 場，最後一票難求。

我們的 budget 是百萬計以上，蝕了，怎辦？但造夢者，是不斤斤計較的；憑的，是「直覺思維」（Intuitive decision-making），即「死了算罷」的衝動！

錙銖不損、「慌死蝕底」的人，不會是我的好朋友。但是，如賠了夫人又折兵，卻不「賽後檢討」，也是錯的。年輕朋友，經歷過失敗，應該來一次「馬後炮」，把「直覺思維」歸納為「理性思維」，從不確定中找出有跡可循，化為「失敗乃成功之母」的道理，不要給命運打殘。

在香港，舞台藝術界的市場，一天比一天艱難。很多年輕人，

第二章
美事

本來是舞台「鐵粉」，移民去了；在週末，30 萬人去了大灣區「濕平」消費；當經濟不景，文化消費力首先被削；COVID 後，大家都「愛回家」，10 時便享受「夜宅」生活。

以下，是我今次搞話劇的一些行政及推廣經驗，希望和大家分享，幫助到有志舉辦舞台活動的同道：

❶ 目標觀眾要清晰

學術名稱叫「顧客區隔」（customers segmentation）；當香港人喜好愈來愈「個人化」的時候，一個節目很難吸引到所有觀眾，或只靠親朋戚友支持；加上，香港的宣傳費用很貴，不能亂賣廣告。你要鼓起勇氣，從起步一刻，便作出勇敢決定，到底你要捉着甚麼目標觀眾？然後，用有效方法去打動他們買票，切忌藥石亂投。

我們最初以為《相約星期二》的故事會吸引「文青」，所以，海報很「文青」feel，但是，後來發覺最「磁力共振」的一群，是為了話劇的教育意義而來，他們喜歡這關於生死的故事，但當我們想把宣傳策略「轉軌」，多捉住這群觀眾的時候，為時太晚，例如海報未能重新設計，只好接受現實。

❷ 控制成本：要假設只有 70% 觀眾入場

舞台表演，就算花政府的錢，也不該以「蝕本」的心態去做，要爭取最高入座率，縱使仍是虧蝕，也心安理得。

我監製了數個舞台項目，結論是必須以「70% 入座率便開支打平手」的原則去處理；這是適當的 risk management。今次的話劇，張、方和我想做慈善，所以，先不考慮自己的收費，演出的財政煩惱才得以減輕！

在票房上，3件事情會打亂步伐：演出項目最終不吸引觀眾、社會出現突發事情，觀眾沒有心情看 show、最後是超支；所以，假設最多只有七成觀眾入場，是一個穩妥的預計，就算超支，仍然有 buffer。

一般來說，劇目演員少、換景少，便可以大大降輕成本，因此，挑選劇目要小心。如果整個項目「計唔掂數」，最好不要碰了，因為舞台演出，往往超支。

❸ 明星或出名演員絕對有磁鐵作用

不要取笑有些劇團，常常找一些知名演員或歌星參與演出，這不是壞事，只要不是「妹仔大過主人婆」、喧賓奪主，對於票房，會是一枝強心針。更何況，表演行業不應互相排斥。

我曾經和日本最大的「劇團四季 Shiki Theatre」老闆淺利慶太聊天，他說：「我們的新劇演出，也總得找一、兩個優秀的名演員客串，因為觀眾總喜歡見到知名演員在面前出現，心理上，有一種『增值』的感覺。」

很好玩：當張可堅、我及方力申接受訪問後，隔天看報道，重點總是放在 Alex（方的洋名）身上，這便是「明星」效應囉；但這是好事，如果沒有 Alex，可能引不起媒體興趣。

Alex 的可親，是在每次完場後，都走出大堂和觀眾逐一拍照，還送上「心心」手勢；就是這樣，觀眾在回家後把觀後感和照片放上 Facebook、IG 等社媒。在上演第一天後，大家急急發放評語：戲好看、演員又動人。這些稱讚上載了社交媒體後，我們的票，便賣光光了！

所以，方力申的「明星」作用，是正面的。

❹ KOLs、社交媒體、MTR 的宣傳重要性

頗多小劇團的演出，只有數萬元作宣傳費用，我是同情的：巧婦難為無米之炊。

我們有 12 場的演出，但是收入有限，開支緊絀；故此，善用有限宣傳資源，非常重要。

當開始售票後，我緊緊盯着每天賣了多少票，有些日子，每天只售出小量票，嚇得「鼻哥窿都無肉」，後來，終於票房大捷；原來有 3 大原因：當港鐵（MTR）登出廣告後，多了市民知道我們有演出，於是票房大增，雖然港鐵的廣告收費貴，但亦值得。第二，今時今日，是 social media「小圈子互通消息」的年代，你想想：一個人發信息給 100 個親友，100 個人便是 10,000 條信息，這種 compound effect，絕對是核子力量，所以，如果沒有 budget 賣廣告，便要「度橋」，如何在網上引發大家關注你！最後，便是 KOLs（關鍵意見領袖）的效應，在此，感謝森美：他在電台讚賞我們的《相約星期二》後，我們餘下的「散票」，半張都賣光光，所以，KOL 力量真強大！

❺ Longer run 和分 Phases 賣票

香港人，是「last minute」一族，大家忙，時間寶貴，到最後一刻，才決定是否買票入場；如演出的口碑是壞的，便不會自投羅網；所以，找個「大場」演出三、四天，未必是好事，因為有些觀眾知道口碑好而想買票，但是演出已完，都來不及觀看。

故此，自信作品是有水準，口碑會好，應該找個「細場」，以 longer run 為目標，讓「last minute 觀眾」可以在演出頭兩天後，趕得及買票支持，這樣，一個好劇才不會浪費；試試 longer run（例

如 10 天以上），才可以「有仇報」！

不過，我們今次使用的網上購票系統「Hong Kong Ticketing」，它有很多地方，值得改善。

最後，節目推出市場時，不要「露底」，要分階段，別把所有演期一次過公開售票；今次，我們太急進，把所有場次，全數推出。其實，應該先推出數場，試試水溫，待反應好後，才推出餘下 intact 場數，否則，如反應欠佳，但有些場次已經賣走了一些票，如何可以取消這些場次，以減低損失呢？而且，觀眾多是「鋤弱扶強」的，看到你銷情欠佳，誰會有興趣看一個「弱雞」節目呢？

❻ 成事要有班底或行內人

隔行如隔山。

我很幸運，除了法律以外，學習了另一個表演行業。每一行，都有自己的「潛規矩」、「潛風格」，不是主觀意願便可以克服的；故此，要有一枝「扶手棍」。幸好，張可堅老師，他在行內 40 年的關係，協助了人力支援，可跨過障礙，令到《相約星期二》順利完成！

我們三人是第一次合作，沒有固定員工，更沒有忠心的夥伴，只好「見人用人，見步行步」，路途不容易，幸好，最後組合了優秀團隊，在大家共同努力，做出理想成績！

切記：如果沒有一個深交的行內人士，以他作為你的搭檔，便不要隨隨便便投資演出，太冒險了！

❼ 疑人勿用，用人勿疑：尊重創意人的主觀

舞台藝術作品，是眾人的集體化學作用；台前幕後的同事，

都是藝術創意人，各有主觀想法，容易各執一詞，但這是好事；堅持，雖然帶來麻煩，但也代表這個人做事認真。作為監製，為了令到進程順暢，應減少過多的己見，盡量尊重別人的看法，故此，從一開始，挑選有能力、盡責任的隊友，是非常重要，如有懷疑，便不要「埋班」，既然已同坐一條船，除非大事出錯，否則，必須讓隊友們感到被信任，擁有自主權，「大方向抓緊，小事放鬆」，就算「衰咗」，齊齊負責囉！

作品的實力：包括演技、舞台、燈光、音響、藝術水平和品味，缺一不可，每個舞台項目，就算做不到 100 分，也起碼要 80 分以上，絕不可以心存僥倖、投機取巧。

就算「叫好不叫座」，觀眾眼睛是雪亮的，下一次會再支持你；但是，如果「票房成功，演出失敗」，等於自毀聲譽，觀眾被「搵笨」後，便沒有第二次。

《相約星期二》，是我們的 beginner's luck，如可以捲土重來，下一個作品才是真章；故此，我正擔心可以再做甚麼……我不想為了票房，搞些媚俗、污穢、向時勢「抽水」的東西，你可能笑我不識時務，但我想和你共勉兩件事情，一件叫「理想」，一件叫「原則」。

張可堅、方力申和我，平時各有各忙，今次能夠走在一起，是緣份。會否《相約 2025》？我期待火花有再交匯的剎那。

安息吧，話劇主人翁慕理教授，你的故事已啟發了千千萬萬人……

我們和大灣區的 4 種生活拉力

老百姓為口奔馳，只想三餐溫飽，面對社會改變又如何。世事如摩天輪：高轉低，低轉高。

70 年代，香港是輕工業中心，叫做「亞洲四小龍」；但是，內地改革開放後，本地廠商一家家北移。我老爸說：「工業會沒落，香港必須轉型！」最終，香港人上下一心，香港變成了國際金融中心！

10 年前，我的影視圈朋友埋怨：「內地人口多、觀眾多，影視市場正北移！」席間，老前輩當頭棒喝：「別太負面，你要慶幸內地和香港的尺度，仍有所不同，我們才可以享受一定生存空間。如果有一天，內地和香港同樣開放，那麼，在『大吃小』的道理下，我們立處在哪裏？」

事情，不可能只是非黑即白，單是唱好或唱壞的人，不是枉屈，便是過份樂觀。我作為香港人看香港，只有 3 個永恆真理：社會穩定，永遠是對的；以暴力解決問題，絕對是錯的；如不改變，城市不會進步。

最近，有些朋友移民去大灣區（GBA）其他城市，說：「居住環境寬敞」、「生活成本降低」、「東西比香港好吃」、「多了地方遊山玩水」。可是，有正必有反，另一批又會說：「沒有港式醫療」、「語言溝通有困難」、「網上接收外面資訊有限」、「所有都是手機交易，老人家不懂應用程式」。

有個客戶，找我訴苦：「數十年前，在中山買了一塊工業用地，蓋了廠房。以前，政府容許工業用地在批地年期屆滿後，只須補償地價，可改為商業用途，我滿心歡喜，以為可以補地價，讓資產增值；誰料到：政府要收回土地！改地契一事，好夢成空！」我搖頭：「在過去，工廠已養活你一家人。政府沒有責任在地契到期時，給你續期；『食幾多、着幾多，係整定嘅』！內地的環境跟香港不一樣，你不能以本地那一套，期待內地吧！」

身邊的年輕朋友感恩：「COVID 完了，再開關，多了內地人來香港買人壽保險，真是『阿彌揭諦』，否則，我會『食粥水』！」另一位客戶說：「總之，搵到食，管它銅鑼灣賣甚麼呢？多了藥房，那又怎樣？」

上個星期，看電視，TVB 主辦「亞洲超星團」，參賽者以內地小夥子居多，能跳、能唱，水準比香港參賽者高。我還記得十多年前，本地娛樂圈仍然抗拒內地演藝人，到了今天，時移世易。

在香港社會，只有三類人不用工作，也不愁吃喝：享受 pension（長俸）的公務員、有租金和股息可享的富裕人家，最後，便是「家有恆產」的富戶。其他香港人，誰不奔波勞碌？

東京的人口，有 1 千 3 百多萬、首爾的人口，約 1 千萬、北京的人口，有 2 千 1 百多萬、上海的人口，有 2 千 6 百多萬、香港的人口，只有 7 百多萬，和上述亞洲大都會比較，香港是墮後的。一個大城市在許多運作上，產生 economies of scale（規模效益），因為人多好辦事，競爭力會增加。可惜，本市的面積「雞碎咁多」，如勉強加大人口，只會換來房屋、交通、福利等嚴重的社會問題，因此，假若香港能夠利用到 GBA 的龐大 hinterland（腹地，即一

個城市背後的區域），利多於弊。大灣區的人口有 8 千多萬，比泰國的 7 千多萬、馬來西亞的 3 千多萬、台灣的 2 千多萬，更具規模，如這 8 千多萬大部份講廣府話的人和香港產生互動效應，那「複數力量」（compounding power）為香港帶來的利益，非常驚人！當然，有機遇，亦會有挑戰，這是世事的雙面道理。

晚餐後，牛頓（Isaac Newton）坐在花園喝茶，一顆蘋果從樹上掉下來，他思考着為甚麼蘋果總是往下墜？於是，想出了「萬有引力」道理。小市民聽了這故事，不屑地回答：「萬有引力不重要，有蘋果吃最重要！」

大灣區的發展，從小市民的看法，最重要是為生活帶來甚麼機遇？帶來甚麼挑戰？

和我的老百姓朋友「打牙骹」，熱鬧了，各有各的觀點。的士司機説：「星期日，現在『靜過鬼』，數十萬人跑去深圳一帶消費！」家長説：「來香港參加『中學文憑試』的深圳學生愈來愈多，為我們的孩子們帶來比拚！」這就是兩地「競爭」的關係。未來，香港是否會「有競爭，才有進步」？還是被「汰弱留強」？還要看看香港人的鬥志。

譚伯伯説：「太好了，作為老人家，兩地都照顧我們：擁有『港澳台居民居住證』的長者，可以在內地申請『老年人優待卡』，乘車有優惠，而香港許多福利，例如『長者醫療券』，在內地可使用。」這是兩地「互補」的關係，如香港和 GBA 其他城市能夠相互補充，老百姓的受益，只會更多！

林會計師説：「『港車北上』涉及兩地政府部門，申請程序十分複雜，但是，對於我們有需要的人來説，這是非常好的德政。」

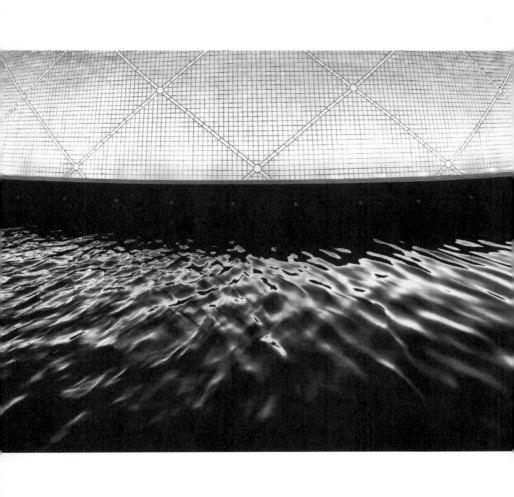

第二章
美事

旁邊的友人唱反調：「這個世界要對等的，終有一天，GBA 的車也開來香港，到時，你別『鬼殺咁嘈』！」上述的，便是兩地將來需要「合作」的關係。

陸太太說：「我的老公在澳門打工，父母搬到珠海居住，媳婦卻申請了原居順德的父母，來香港長住；我覺得家裏是個『大熔爐』！」這種微妙的變化，就是兩地「融和」的關係。在路上看到年輕人，我已分不出誰是香港？誰是內地來的？

列車啟航了，不會回頭，只會愈去愈遠。「競爭」、「互補」、「合作」、「融和」，便是香港人要和大灣區互動的 4 種關係；從實踐中找到對錯，慢慢改善一切。但，有些人享受變化、有些人拒絕面對、有些人坐臥徘徊……聽過一句話：人生是個圓，有的人走了一輩子，也沒有走出命運的圓圈，他們其實不知道，圓圈的每一個點，總有一條騰飛的切線。

在和大灣區互動的時候，香港必須保存自己的個性；單只是一個現代化城市，是不行的，因為大灣區其他城市，一天比一天現代化。我們要維持的獨特優勢，便是在不危及國安的情況下，社會須有高度的❶創新性、❷包容性和❸自由度。中央港澳辦和中聯辦的領導，曾多次強調香港要保存「國際化的優勢」。是故，如果香港丟淡「一國兩制」下的上述三件事情和下列三個特點，即擁有一個國際城市的❹法治、❺辦事方式和❻價值觀，最終便會失去亮點，變得和其他城市差別不大，則對國家的戰略貢獻便會減弱，那如何帶動大灣區接軌國際呢？

香港的「硬件」固然要現代化，但是，「軟件」（特別是國際價值觀）的現代化，同樣重要，我們要包容和開放，接納外面的

東西，這樣才可以吸引國際投資和人才。社會上，某些人的激進「自大論」，在不自覺中，正打擊香港在 global connectivity（國際聯通）的步伐。此外，我們普通法的法院絕對是「一國兩制」的金支柱。香港作為國際金融中心，世界投資者最終相信的，是有甚麼紛爭，香港的法院是嚴明可靠的。部份敵對國家已開始誣衊香港的法治，指控法官受到政治干預，故此，我們在此時絕對不宜對法院施加任何壓力、否定他們的判決（例如終審法院最近給予 LGBT 的權利），導致他們感到脆弱；因此，對 The Court of Final Appeal 的裁決尊重，是「一國兩制」下的基本守線，香港人絕對不宜帶頭攻擊月且自己的司法系統，這危險的先例，足以傷害這國際城市的前景，因為，我們必須向世界證明，香港的法制和法院的價值觀仍然有別於其他灣區城市。

　　人之胸襟，多厭則窄，多納則寬；面對大灣區的改變、世界的改變，大家何嘗不要這樣？改變、接納、包容是活力國際大城市的硬道理；社會，就是在矛盾中妥協出來的火鳳凰。

www.cosmosbooks.com.hk

書　　　名	佬文青：依依得捨	
作　　　者	李偉民	
責任編輯	王穎嫻	
封面設計	Johnny Chan	
美術編輯	蔡學彰	
出　　　版	天地圖書有限公司	

香港黃竹坑道46號新興工業大廈11樓（總寫字樓）

電話：2528 3671　傳真：2865 2609

香港灣仔莊士敦道30號地庫（門市部）

電話：2865 0708　傳真：2861 1541

印　　　刷　　點創意（香港）有限公司

新界葵涌葵榮路40-44號任合興工業大廈3樓B室

電話：2614 5617　傳真：2614 5627

發　　　行　　聯合新零售（香港）有限公司

香港新界荃灣德士古道220-248號荃灣工業中心16樓

電話：2150 2100　傳真：2407 3062

出版日期　　2024年6月／初版

（版權所有‧翻印必究）

©COSMOS BOOKS LTD. 2024

ISBN：978-988-8551-41-5